涼宮ハルヒの動揺

谷川 流

目次

ライブアライブ

俺が高校に入学した年。

涼宮《すずみや》ハルヒという名前を持つ人型の異常気象が北高《きたこう》で猛威《もうい》を振《ふ》るい始めたその年は、思えば色々あったもので、ありすぎるあまりいちいち思い出すのも面倒《めんどう》なくらいになっているのだが、いったんメモリーアルバムを遡《さかのぼ》れば、まあ本当になんやかんやとやってきたものだよなと我ながら呆《あき》れ返りたくなりつつも、そんな記憶《きおく》の中に刻まれていたエピソードの一つに実はこんなものもあったという話をさせていただこう。


それは夏の残した熱が列島の上空にわだかまり続け、まるで四季の移り変わりを操《あやつ》る気象兵器を誰《だれ》かが誤作動させているのではないかと疑えるくらいに暑かった、暦《こよみ》上では秋のことである。

その日、文化祭当日。

頭の調子が年中調子ハズレな監督兼プロデューサーが撮影《さつえい》開始を宣言してからすべての作業が終了《しゅうりょう》するまで、出演者及《およ》び雑用係のカオスフレームをむやみに悪化させるおかげで一応の完成を見せていた。

文化祭初日の今日はその公開初日でもあり、『朝比奈《あさひな》ミクルの冒険 エピソード00』と題された映画とも朝比奈さんのPVとも知れぬシロモノは現在、視聴覚室で絶賛上映中のはずだ。

はずだというのは他《ほか》でもなく、俺はあのシュールレアリスムの極致《きょくち》に挑戦《ちょうせん》したようなバカ映画に自分の名前がクレジットされているところなどこれ以上見たくもないので、DVテープを映画研究部の連中に渡《わた》したあたりで部外者になることを決め込んでいたのである。

幸いにも細かい交渉《こうしょう》や宣伝行為《こうい》は渉外活動となると、より以上に活発化するハルヒが団長自ら元気よく率先《そっせん》してやってくれている。

ハルヒの奇行《きこう》にそろそろ慣れ始めている北高生や教師どもはいいが、ヒマな保護者や一般人《いっぱん》たちが校内をうろついているってのに、春先にも登場した例のバニーガール姿で宣伝ビラ撒《ま》いてんのもどうかと思うものの、おかげで無気力教室一年五組に属する俺やハルヒとは違《ちが》い、それなりに行事参加している朝比奈さんと長門《ながと》と古泉《こいずみ》もそれぞれ自分たちのクラス企画《きかく》に朝から従事できているのである意味御《おん》の字と言える。

いまや俺の気も晴れ晴れとして澄《す》み切った水面《みなも》を映す明鏡のごとき心境だ。映画の特殊《とくしゅ》効果を発揮していたような、そんな底と間が抜け気味な迷惑《めいわく》映画ももっぱら俺のデジタル編集が終わった段階で俺の背負い込んだ仕事もめでたく終了しているし、やや睡眠《すいみん》不足気味の頭をふらつかせながら長門の占《うらな》いと古泉の演劇をチョロリとひやかす余裕《よゆう》もあるくらいだ。しょぼい県立校のさびれた文化祭とはいえお祭りはお祭りで、いつもと違う雰囲気《ふんいき》を満喫《まんきつ》するのも悪くない。

今日の俺には決して看過できない使命があり、そしてその使命は一枚の紙片《しへん》となって俺の手に握《にぎ》られているのだ。

それは何かとは言うまでもない。朝比奈さんのクラス企画による焼きそば喫茶《きっさ》の割引券である。

どんな安茶葉だろうと彼女が給仕してくれるだけで天上の甘露《かんろ》に早変わりするのだから、その同じ手で差し出された焼きそばも高級中華《ちゅうか》料理店のまかない程度にはなるに違《ちが》いなく、俺の腹を鳴かせるには充分《じゅうぶん》な期待値が脳裏《のうり》でゲージを上昇《じょうしょう》させているというわけだ。こうして校舎の階段を上る足取りもまるで翼《つばさ》つきの靴《くつ》を履《は》いているようだぜ。

しかし、そんな階段を突《つ》き抜《ぬ》けて天まで昇《のぼ》ろうかという気分の俺に、同行者がぬるま湯のような声をかけてきた。

「どうせなら無料招待券のほうがよかったんだがな」

こんなイヤゴトを言いやがる口の持ち主は谷口《たにぐち》以外にこの場にいない。ロケで池に飛び込ませちまった義理もあるし、せっかくなので誘《さそ》ってやったというのにこれ以上何を求めると言うんだろうね。

「俺はノーギャラで水中ダイブさせられたんだぜ？　ついでに言えば試写会にも招待されてねえ。まさか俺のシーンがカットされてるんじゃないだろうな。ずぶ濡《ぬ》れの代償《だいしょう》が焼きそば三十パーセントオフ程度じゃ割に合わねえな」

つべこべ抜かすな。朝比奈さんがわざわざ呼び出してくれてまでくれた割引券だぞ。それにノーギャラ出演が一番割に合ってないのはその朝比奈さんなんだ。今すぐアカデミー賞の選考委員にかけあってオスカー像を特別授与《じゅよ》してあげたいくらいだ。

「不服なら来るな。とっとと帰れ」

そう言った俺に、もう一人のツレが、

「まあまあ。いいじゃん谷口。どうせ食べ歩きするつもりだったんだろう？　ありがたくご相伴《しょうばん》にあずかろうよ」

国木田《くにきだ》だった。古泉とはまた別の意味で優等生面《づら》をしたこのクラスメイトは、

「それにキョンと一緒《いっしょ》に行けばサービスしてくれるかもしれないよ。キャベツ多めとかさ。谷口もそのほうがいいだろ？」

「まあな」

谷口はあっさり答えた。

「だが味にもよるな。なあキョン、朝比奈さんが料理すんじゃねえよな」

そういえば給仕係だと言っていたような気がするが、それがどうかしたのか。

「ああ、なんとなくだが料理が下手そうなイメージがあるんでな。砂糖と塩を素《す》で間違えてもあの人なら不思議じゃねえような」

こいつといいハルヒといい、朝比奈さんを何だと思ってるんだ。いくらマスコット的メイドキャラ担当でも、今時そこまでドジな人間は幻想《げんそう》世界にしか住んでないぜ。せいぜいタイムマシンをなくしてオロオロするくらいのものだろう。未来人としてそれもどうかとは思うが。

「楽しみだね」と国木田。「コスプレ喫茶だっていう噂《うわさ》を聞いたよ。映画のウェイトレスとか、いつだったかのバニーガールにも驚《おどろ》いたけど、今度はどんな格好をしてるのかなあ」

「まったくだ」

それには谷口も深く肯《うなず》いた。こいつらは俺ほど朝比奈さんのメイド姿を見慣れていないからな。いちおう憐憫《れんびん》の情を感じておこう。

階段から廊下《ろうか》に足を踏《ふ》み出しながら、俺も思い描《えが》いていた。ウェイトレスと言えば映画で使用したパッツンパッツンのセクハラ衣装《いしょう》しか思い浮《う》かばないくらいに脳みそが毒されていたから、ここでまともな衣装をまとって楚々《そそ》と焼きそばを運んできてくれる朝比奈さんを眺《なが》めることは、まさしく網膜《もうまく》と心の洗濯《せんたく》という以外に何があろうか。いつも思うんだが、ハルヒの趣味《しゅみ》は装飾過剰《そうしょくかじょう》なんだよ。バニーの扮装《ふんそう》で校門前に立てるくらいの剛構造《ごうこうぞう》の神経だから、あいつ自身にとってはちょうどいいのかもしれないが、そんな神経が誰の体内にも通っていると思ったら大間違いだ。

朝比奈さんのクラス有志による手作りウェイトレス衣装か……。

これればかりは谷口にならうしかないな。楽しみだ。まったくもって。

今日の校舎内の廊下には緑色のラバーシートが安物の赤絨毯《じゅうたん》のように敷《し》かれていた。そのため普段《ふだん》は上履きを強《し》いられる校舎だが、外来の一般客《いっぱんきゃく》に配慮《はいりょ》して文化祭の今日明日だけは土足を許されている。歩いている人影《ひとかげ》もそれなりに多彩《たさい》だった。特に文化系部員でそれなりの発表機会がある生徒の保護者なんかは来てそうだし、付近の住民には格好のヒマつぶしの場だろう。行く高校が違っちまった中学時代の友達を招待しているパターンも多かろうね。特に山の下の女子校生徒をおびき寄せるにはほとんど年に唯一《ゆいいつ》くらいの機会だ。出会いを求めてるのは何も谷口のような男どもだけではないさ。

北高の制服以外の姿が目立つ廊下を、俺たち三人は撒き餌《え》につられるイワシのように回遊し、二年の教室が並んだ校舎の一角、モグラ叩《たた》きゲーム屋と創作風船工作室に挟《はさ》まれた教室の前で足を止めた。

鉄板をこがす芳《かんば》しい香《かお》り、入り口前に置かれた『焼きそば喫茶・どんぐり』という立て看板。そしてどの教室よりも長い蛇《へび》のごとき列。いや、それより真っ先に目と耳に飛び込んできたのは、

「やぁっ！　キョンくんとその友達たちっ！　こっちこっち、いらっしゃ〜いっ！」

十メートル離《はな》れていても聞き間違えることのない大声と晴れやかな笑顔《えがお》だった。こんなに明るく笑える人間は、迷惑《めいわく》なことを思いついたハルヒを除けば俺の知り合いではただ一人である。

「三名様ご来店っ。まいどっ！」

鶴屋《つるや》さんだった。しかもウェイトレスの扮装の。

通路に持ち出した机の前で手を振《ふ》る鶴屋さんは、どうやらチケットの売り子をしているらしかった。ひょっとしたら客寄せ係兼任《けんにん》なのかもしれない。

「どうだいっ。この衣装、めがっさ似合ってると思わないかなっ？　どうにょろ？」

行列の横に身を乗り出した鶴屋さんは、俊敏《しゅんびん》に俺たちへと近寄ってきた。

「それはもう」

俺は意味もなく低姿勢になりながら鶴屋さんを見つめた。

うかつにも朝比奈ウェイトレスバージョンを妄想《もうそう》するのに忙《いそが》しすぎて鶴屋さんも同じクラスだということを失念していた。谷口と国木田もカレイを釣《つ》ったと思っていたらその尻尾《しっぽ》にヒラメが齧《かじ》り付いて上がってきた釣り人のような顔になって、髪《かみ》の長い上級生をマジマジと眺めている。無理もない。誰《だれ》のデザインだか知らないが、彼女のクラスには凄腕《すごうで》の服飾専門家がいるらしい。俺たちの映画で朝比奈さんが着せられたウェイトレス衣装とは趣《おもむき》を異にするその服は、派手すぎず地味すぎず、着ている中身の人間を引き立てる役割を完璧《かんぺき》に果たしつつ、かつ決して主張しすぎることもなく、しかし相互《そうご》作用で着る者の魅力《みりょく》度をMAX付近にまで引き上げる素晴らしいアジャストぶりを発揮する、オブ・ザ・イヤーを進呈《しんてい》すべき仕事と言えた。

ようするにこんな抽象《ちゅうしょう》表現で逃《に》げるしかないくらいのベストマッチだってことさ。鶴屋さんでこうなんだから、朝比奈さんを一目見るや否《いな》や気を失ってしまうかもしれんな。

「盛況《せいきょう》ですね」

と、言葉をかけると、

「わははははっ。入れ食いさっ」

鶴屋さんはスカートの裾《すそ》をちょいとつまみ上げ、周囲の視線をはばかることない率《そっ》直《ちょく》さ加減で、

「格安の材料で作った下手っぴ焼きそばなのに、こんだけ客集まるんだからもうボロもうけだよっ！　笑いが止まんないねっ」

本当に嬉《うれ》しそうに笑う人だ。俺は行列に並んでいるのが男ばかりである理由を推理するまでもなく悟《さと》りきっていた。鶴屋さんの笑顔を見ていたら不思議と俺まで愉快《ゆかい》な気分になってくるからな。世の中、騙《だま》されやすいのは決まって男のほうである。

列の最後尾《さいこうび》についた俺たちに、鶴屋さんは無料スマイルを振りまきながら、

「料金先払《さきばら》いでよろしく！　ちなみにメニューは焼きそばと水だけだからねっ。焼きそば一つ三百円、水道水はタダで飲み放題！」

もらった割引券を差し出すと、

「えーと、三人だよね？　じゃ全部で五百円でいいやっ。大サービス！」

受け取った硬貨《こうか》をエプロンスカートのポケットに落とすと、代わりに焼きそばのチケットを三枚俺に押しつけ、

「そいじゃ、ちょろんと待っててっ！　すぐに順番回ってくるからねっ」

鶴屋さんはそう言って、ポケットの小銭《こぜに》をジャラジャラ鳴らしながら入り口の机に戻《もど》っていった。その後ろ姿が列の先頭に消えてから、

「元気だなあ。毎日あのテンションでよく疲《つか》れないよね」

国木田が感心したように声を上げ、谷口は声をひそめてこう言った。

「キョン、前から思ってたんだが、あの人はいったい何者だ。お前と涼宮の仲間の一人でいいのか」

「いーや」

部外者だよ。お前たちと同じ、困ったときの人数合わせゲストだ。ちょっとその割には、妙《みょう》に前に出てくるお人だけどさ。

鶴屋さん的解釈《かいしゃく》における〝すぐ〟とは半時くらいのものらしい。三十分ほど待ってようやく列の前がはけ、俺たちは入室をかなえられた。ちなみに待っている間中も行列に加わる客が引きも切らず、その全員が男だというのが何とも言えない現象だった。列の一部を形成する俺が言うことでもないが。

教室内は半分が調理場、もう半分が客用テーブルになっていて、数台のホットプレートが必死に焼きそばをジュウジュウ言わせていた。調理しているのは白い割烹着《かっぽうぎ》の女子生徒たち、包丁をふるって材料を切り刻んでいるのも全員女で、いったいこのクラスの男子たちはどこで何をしているのかと疑問が浮かぶ。

後で鶴屋さんに聞いたところ、哀《あわ》れな男どもは女子の単なる使い走りとして足りなくなった食材や紙皿を買いに行かされていたり、給水や野菜の水洗いを命じられていたようで、いやぁそれなら仕方ない。アクエリアンエイジはすぐそこまで迫《せま》っている。

席までは鶴屋さんが案内してくれた。

「さ、その空いてるとこに座っててっ。おーい、水三丁ーっ」

その掛《か》け声に、可憐《かれん》な美声が答えた。

「はぁい。あ、いらっしゃいませぇ」

お盆《ぼん》に水道水の入った紙コップを載《の》せてやってきた極上《ごくじょう》ウェイトレスが誰だか、この際俺が言わずとも解《わか》るだろう？

無料の水を俺たちに配り終えた彼女は、盆を両手で抱《かか》えるようにしてぺこりとお辞《じ》儀《ぎ》をしてから、

「ようこそ、ご来店ありがとうございます」

にっこりと微笑《ほほえ》み、

「キョンくんと、そのお友達の……えーと、エキストラの……」

俺以外の二人が同時に反応した。

「谷口です！」

「国木田です」

「うふ。朝比奈みくるです」

教室の壁《かべ》から『写真撮影《さつえい》はご遠慮《えんりょ》願います』という手書きポップがぶら下がってい

る理由も解るというものだ。うっかりそんなもんを許可した日には、ちょっとしたパニックに陥《おちい》りかねない。

そんくらい朝比奈さんは可愛《かわい》かった。予想通りに俺の意識が遠のきかけた、それ以上の言葉を費《つい》やす必要もないくらいにな。グッドデザイン賞を差し上げたいくらいのウェイトレス衣装《いしょう》を着込んだ朝比奈さんと鶴屋さんとが並んで立っていると、もはや壮観《そうかん》さもここに極《きわ》まれりといった感じで、おそらくだが天国とはこういう風景があちこちにあるような場所を指すんだと思うね。

朝比奈さんは盆を小脇《こわき》に挟《はさ》んでから、焼きそばチケットを取り上げて半分に切り取り、その半券を残して、

「少々お待ちくださぁい」

見とれる男どもの視線を独り占《じ》めにしながらぱたぱたと調理場へと向かった。

鶴屋さんが笑顔で解説するところによると、

「みくるは食券のもぎり役なのさっ。あとは皿を下げる役と水注《つ》ぐ役ねっ。それしかさせてないよ！　蹴《け》つまずいて焼きそばひっくり返しそうだからっ。人気者なのはよいことだよっ」

至言です、鶴屋さん。

料理を運んできたのは別の二年生ウェイトレスだった。そうして出てきた焼きそばはキャベツ多めの代償《だいしょう》のように肉少なめで、うまいかどうかと言われると普通《ふつう》にソースの味がした。朝比奈さんは次々にやってくるお客のテーブルをコマネズミのように回って紙コップを配ったり半券切ったりと大忙《おおいそが》しで、途中《とちゅう》で一回だけ俺たちに冷えていないお冷やのおかわりを持ってきてくれたのが目一杯《いっぱい》のサービスだ。鶴屋さんも店頭と教室内をニコヤカに行ったり来たりしており、とてもじゃないが長《なが》っ尻《ちり》できる雰囲気《ふんいき》ではない。

てなわけで、焼きそばが到着《とうちゃく》してからものの五分くらいで食い終えた俺たちは、早々にその場を退散する以外に道はなく、これでは何かを食ったという気分もあまりない。

「どうする？」

と訊《き》いてきたのは国木田だ。

「僕はキョンたちの作った映画が観《み》たいな。自分がどういうふうに映ってるのか確認《かくにん》もしときたいしね。谷口は？」

「あんな映画、別に観たくもねえ」

へらず口を叩《たた》いて、谷口は制服のポケットから文化祭のパンフレットを取り出した。

「焼きそばだけじゃ全然足りん。俺は科学部がやってるバーベキューパーティに参加することにするが、その前にだ」

ニヤリと笑い、

「滅多《めった》にない絶好の機会だ。ナンパしようぜナンパ。私服着てる女が狙《ねら》い目だぜ。探せば三人くらいで固まり歩いている連中がきっといる。そういうのに声かけたら意外にホイホイついてくるというのが、俺の経験によって知り得た法則だ」

何が法則だ。成功率が限りなくゼロに近い経験則が役に立ってたまるか。

俺は即座《そくざ》に首を振《ふ》った。

「遠慮する。お前ら二人でやってろ」

「ふん」

谷口が気に入らない笑みを浮《う》かべやがるのも、国木田がしたり顔でこくこく肯《うなず》くのもまとめて神経に障《さわ》るが、何と言われようと俺はこたえたりしない。別にナンパしてるところを特定の誰《だれ》かに目撃《もくげき》されたら困ったことになりそうだからではなく、ええと、つまりだな。

「かまわねえよ。キョン、お前はそういう奴《やつ》だ。いや、イイワケはいらん。しょせん友情なんかそんなもんさ」

わざわざ溜息《ためいき》までつく谷口に、国木田はやんわりとした口調で、

「てゆうかさ谷口。僕もナンパはよしとくよ。すまないけど一人で成功させて、後でその娘《こ》の友達でも紹介《しょうかい》してくんない？　それが友情ってもんじゃないかな」

何やら論理のすり替《か》えみたいなことを言って、

「じゃ、また後でね」

さっさと歩き去る国木田。残された谷口はアホみたいな顔をしていたが、俺も国木田の行動を模倣《もほう》することにした。

「じゃあな、谷口。夕方にでも成功率を教えてくれ。成功してたらの話だが」

さてと、次にどこへ行こうか。

部室に戻《もど》っても誰もいないか、あるいはいるのはハルヒくらいだろうし、あいつと二人で校内を歩き回るようなことになれば著《いちじる》しく世間体《てい》を損《そこ》なう結果しか生まないように思われるので、俺の足は自然と別の方向を向いていた。ひょっとしたら未《いま》だに校門の前で宣伝ビラを配るバニーガールをやっているかもしれなかったが、さすがに誰かが止めただろう。いつかのように部室で一人ぷんすかしているかもしれない。頼《たの》む、今日くらいは別行動をさせてくれ。明日はオフクロと妹がやってくる予定になってるんで、しゃしゃり出てきたハルヒと何だかんだとありそうだからさ。

プログラムシートを改めて確認してみる。面白《おもしろ》そうな出物《でもの》はそんなになかった。校内アンケート結果や国産タンポポと外来種の分布研究などというやくたいもない展示なぞにはハナから行く気がないし、各学年に二つくらいある映画上映はもう心の底からウンザリ気味、素人《しろうと》の学芸会や段ボール製の迷路屋敷《めいろやしき》にも興味なしだ。他校チームを招いてのハンドボール部対抗《たいこう》戦なんてやる意味あるのか？　担任岡部《おかべ》だけは張り切ってやってそうだが。

「ヒマ潰《つぶ》しになりそうなのは……」

ふと目が留まった。文化祭で唯一《ゆいいつ》、規模の大きな催《もよお》し物がある。たぶん誰よりもこの日のために練習していたのはそこへの参加者だろう。思えばこの何週間か、夕方になるとうるさく鳴《な》り響《ひび》いていたラッパの音。

「吹奏楽《すいそうがく》部のコンサートくらいか」

パンフを再確認する。残念ながらそいつは翌日の開催《かいさい》になっていた。講堂を使用する部はけっこう多いらしいな。演劇部とコーラス部も明日にやるようだ。で、今日は何をやっているかというと――。

「軽音楽部と一般《いっぱん》参加のバンド演奏大会ね」

ありがちだったし、やってんのは既成《きせい》ミュージシャンのコピーバンドがほとんどだろうが、たまにはライブでの音楽鑑賞《かんしょう》も悪くないと俺は考えた。たぶん俺が映画製作にかけた百倍くらいの情熱と努力の結実がそこにあるだろう。その成果を耳にしつつ、ぼんやり物思いにふけることにしよう。少なくともその間は自分がかかわったアレな自主製作映画を忘れ去ることができるに違《ちが》いない。

「一人でじっとしている時間も必要だよな」

そんなふうに、のどかに考えていた俺の思いを粉々に打ち砕《くだ》く出来事がそこで待っているなどと、思いつくのはちょっと予測不可能というものだった。

この世には限度というものがあり、俺もまだまだ甘かった。リミットをやすやすと無視してのける存在を知っていたはずなのに、つい忘れてしまうのだ。つい先日も限度ナシな現象の渦中《かちゅう》にあったというのに、これも常識人の限界というものだろうか。非常識な展開にハマって初めて知る己《おのれ》の浅はかさよ。是非《ぜひ》とも後代の教訓として生かして欲しいものだ。誰がそんな教訓を真面目《まじめ》に受け入れてくれるかどうかはさておくとして。

扉《とびら》の開け放たれた講堂からはやかましい騒音《そうおん》が大音量で鳴り響いていた。まるで天界で風神雷神《らいじん》が好き勝手に演奏会を開けばこうなるみたいな音響効果《おんきょう》で、ロック魂《だましい》に溢《あふ》れたライブ会場としてはチープだが、ノリさえよければテクニックなんか納豆《なっとう》に薬味が入っているかどうかくらいの些末《さまつ》な問題だ。入っているにこしたことはないが、別に薬味を喰《く》いたいんじゃなくてメインは納豆なんだから薬味の味まで最初からつけてろなんて注文するのは納豆に失礼だろ。

館内を見回すと、所狭《せま》しとパイプ椅子《いす》の並んだ講堂の客数は正味で六分入り、主催者発表で八分といったところか。壇上《だんじょう》ではどっかで聞いたことのあるようなポップスをノーアレンジで演奏する素人バンドががんばっていた。がんばっているというのが解《わか》る時点でちょっとアレだが、放送部員がミキシングやってるのも問題があるような気がするぞ。

照明はステージに集中しているため周囲はやや薄暗《うすぐら》い。一列丸ごと空席になってる部分を探し当て、その端《はじ》っこに腰《こし》を落ち着ける。

プログラムによると軽音楽部の部員バンドと一般参加の二部構成になっているらしい。今やってるのから何組かは軽音の連中だ。パイプ椅子の最前列付近だけはオールスタンディング、中には身体《からだ》でリズムを取っている奴もいたが、おそらく関係者の身内かサクラなのだろうと俺は判断した。にしても、ぼんやり聴視《ちょうし》するにはスピーカーの音量がデカすぎたな。

頭の後ろに手を組んで眺《なが》めることしばし、オーラスの曲の間奏でボーカル担当がメンバー紹介をリズムに乗せておこない、俺はそいつらが軽音楽部二年生の仲良し五人組であるという三日後には忘れていそうな情報を得た。

音楽を語れるほど俺の知識レベルは高くなく、また演奏者たちに真面目な思い入れがあるわけでもなかったので何を気にすることもなく、まさに気晴らしにはもってこいだ。

ゆえに、俺はリラックスし切っていた。

なので、まばらな拍手《はくしゅ》に送られて五人組が手を振りながら舞台袖《ぶたいそで》に退場し、入れ替わるように次のバンドメンバーがやって来たとき——。

目を疑ったのもやむをえまい。

「げっ」

講堂の空気が一気に変わったのが解る。ずざざさ——っ。その場にいた全員が精神的に十メートルほど下がっていく音がSEとなって頭に響く。

「何をやってるんだ、あの野郎《やろう》！」

ステージの上手から譜面台《ふめんだい》を提《さ》げてマイクスタンドに歩いてくる人間に心当たりがあるどころの話ではなく、そいつは見覚えのあるバニーガールの衣装《いしょう》をまとい、見覚えのある顔とスタイルでスポットライトを浴びていた。

頭につけたウサミミをピョコつかせ、肌《はだ》も露《あら》わな扮装《ふんそう》でそこにいるのが誰か、両眼《りょうめ》を誰かと交換《こうかん》したとしても同じ名前しか出てきやしないだろう。

涼宮ハルヒだ。

そのハルヒがなぜか、真面目な顔をして壇上の中央に立っているではないか。

だが、それだけならまだ良かったのだ。

「げげっ」

遅《おく》れて現れた二人目を見た俺の肺の中から、空気が一気に漏《も》れ出した効果音だと思ってくれ。

ある時は邪悪《じゃあく》な魔《ま》法使《ほうつか》いの宇宙人、またある時は水晶玉《すいしょうだま》を手にした黒衣の占《うらな》い師。

「…………」

もはや出す声もないな。

長門有希《ゆき》が、さんざん見飽《みあ》きた例の黒帽子《ぼうし》に黒マントの衣装のまま、どういうわけだかエレキギターを肩《かた》にかけて立っている。いったい何を始めようと言うんだ。

これで朝比奈さんと古泉が登場したら逆に安心したような気もするのだが、三人目と四人目は知った顔でも何でもない女子生徒だった。あまりの見かけなさと割と大人びている雰囲気《ふんいき》から三年生かとあたりをつける。一人はベースギターを持って、もう一人はドラムセットへと向かっていき、どうやらこれ以上の追加人員はない模様である。

何故《なぜ》だ。ハルヒと長門の文化祭用衣装には目をつむろう。しかしだ、どうしてあの二人が軽音楽部の部員で組んだはずのバンドの中に交じってて、しかもハルヒがまるで主役みたいな位置取りでマイクを握《にぎ》りしめているんだ？

俺が増え続けるクエスチョンマークと格闘《かくとう》している間に、総勢四人からなる謎《なぞ》バンドのメンツはそれぞれポジションに着いたようだった。聴衆たちがざわめき、俺が唖《あ》然《ぜん》として見守る中、ベースとドラムの二人は緊張《きんちょう》した顔でボンボントコトコと音を出し、長門はピクリともせずにギターに手を添《そ》えている。いつもの無表情も変わりなく。

そしてハルヒは譜面台にスコアらしき紙の束を置いて、ゆっくりと会場を見回した。客席のこの暗さでは俺の姿を発見できたとは思えない。ハルヒはマイクの頭を叩《たた》いてスイッチが入っていることを確認《かくにん》すると、ドラム担当に振《ふ》り向いて何やらセリフを発した。

挨拶《あいさつ》も前振《まえふ》りもMCもない。ドラムスティックがリズムを取って打ち鳴らされたかと思うと、いきなり演奏が始まって、そのイントロだけで俺は腰が砕けそうになった。長門がマーク・ノップラーかブライアン・メイかと思うようなギターテクで超絶技巧《ちょうぜつぎこう》を開始したからだ。しかも聴《き》いたこともないような曲だった。なんだなんだ——と思っていると、追い打ちをかけるかのようにハルヒが歌い出した。

朗々と、月まで届きそうな澄《す》み切った声で。

ただし、譜面台に載《の》せたスコアを見ながら。

一曲目の間中、俺は状態異常から回復することがなかった。RPGに〝唖然〟という名の補助魔法《まほう》があったら、かけられたモンスターはおそらくこんな感じになるのではないだろうか。

ステージ上のハルヒは振り付けなしのほぼ棒立ちでひたすら歌声を響《ひび》かせているが、譜面を見ながらでは、そりゃ踊《おど》りようもないだろう。

そうこうしているうちに最初の曲は終了《しゅうりょう》した。普通《ふつう》はここで歓声《かんせい》なり拍手なりを入れとくべきなんだろうが、俺と同様に会場にいるすべての観客は口と腕《うで》を仲よく石化させている。

事情がまったく解《わか》らない。俺は何故ハルヒが？　と思っていて、次いで長門のあまりにメロディアスなギターテクニックにも驚嘆《きょうたん》しており、これは他の軽音楽部関係者と同じ疑問を共有していただろうと推測する。ハルヒを知らないそれ以外の一般客《いっぱんきゃく》は、何故バニーガールが？　てなことを思っていたのではないだろうか。

会場は絨毯爆撃《じゅうたんばくげき》後の塹壕《ざんごう》のように静まりかえっていた。

まるでオンボロ船の甲板《かんぱん》でセイレーンの歌声を聞いた船員のような固まりようだが、よく見るとベースとドラムの女子生徒も似たような顔でハルヒと長門を見つめていた。

あっけにとられているのは聴衆だけではないらしい。

ハルヒはじっと前だけを見て待っていたが、やがてわずかに眉《まゆ》をひそめてまた後ろを見た。慌《あわ》てたようにドラム担当がスティックを振り、すぐに二曲目が始まった。

様々な人間を置いてけぼりにしつつ、ミステリアスなバンド演奏は三曲目の途中《とちゅう》に差し掛《か》かっていた。

ようやく慣れてきたのか、俺にも歌詞と曲調に耳を澄ます余裕《よゆう》ができてきた。アップテンポのR&Bだ。初めて聴くはずだが耳に馴染《なじ》みやすく、それなりにいい曲のように思える。ギタリストがめちゃめちゃ巧《うま》いからかもしれないし、付け加えてやるならば、ハルヒの声も、うむ、まあ、何というか、いつも大声で叫《さけ》び慣れているからでもなかろうが、少なくとも人並み以上なのは認めてやらねばなるまい。

観客たちも当初の石化状態から徐々《じょじょ》に解放されつつあり、今度は別の意味でステージに引き込まれているようだ。

ふと見回せば俺が席に着いた時より客数が増えている。ちょうど、その中の一人が近づいてくるのが目に入った。平服を着たデンマーク騎士《きし》みたいな格好をしているそいつは、

「どうも」

特設スピーカーの大音量にかき消されまいとする配慮《はいりょ》か、俺の耳元に顔を寄せて来た。

「これはどうしたことですか？」

古泉である。

知らん、と俺は叫び返し、古泉の服装に目をやった。お前まで文化祭用の服で歩き回っていやがるのか。

「いちいち着替《きが》えるのも面倒《めんどう》なので舞台衣装《ぶたいいしょう》でうろつかせてもらっているのですよ」

どうしてこんなところにいやがる。

古泉は壇上《だんじょう》で熱唱するハルヒに穏《おだ》やかな視線を飛ばし、前髪《まえがみ》を弾《はじ》いた。

「噂《うわさ》を聞いたものですから」

もう噂になってるのか。

「ええ。あのような格好をなさっておられますしね、話題にならないほうが不思議ですよ。人の口に戸は立てられません」

北高の誇《ほこ》る問題児、涼宮ハルヒがまた何かやってる——、みたいなニュースがすでにして八方に飛び交《か》っているらしい。あいつのプロフィールにまた一つ新たな事項《じこう》が加わるのはいいのだが、そのオプションにＳＯＳ団とか俺の名まで刻まれるのは今回ばかりは筋違《すじちが》いだぞ。

「それにしても巧いですね、涼宮さん。長門さんもですけど」

古泉は微笑《びしょう》しながら聞き惚《ほ》れるように目を閉じている。俺はステージに目を戻《もど》し、ハルヒの姿から何かを読みとろうとするかのように観察した。

歌や演奏に関してはほぼ古泉と同意見だ。ボーカルが譜面台と歌詞カードを用意して唄《うた》っているというライブらしからぬ光景を除けばな。

だが、それ以外にも俺は何だか原因不明の引っかかりを感じていた。何だろう。この妙《みょう》にむず痒《がゆ》い感覚は。

それまでのアップテンポとうってかわり、演目上のアクセントのように挿入《そうにゅう》されたバラード調の四曲目が終わった時、不覚にも俺は歌詞と楽曲に感服しかけていた。ここまで心に染《し》み渡《わた》る歌を聴いたのは久しぶりだ。そう感じたのが俺だけではない証拠《しょうこ》に、周囲の聴衆も咳払《せきばら》い一つせずに聴き入っていて、曲が終了した後の講堂は沈黙《ちんもく》に包まれている。

今や満員となった客席に向かって、ようやくハルヒは歌詞以外の言葉をマイクに吐《は》きかけた。

「えー。みなさん」

ハルヒは幾分《いくぶん》硬《かた》い表情で、

「ここでメンバー紹介《しょうかい》をしないといけないんだけど、実はあたしと――」

長門に指先を向け、

「有希はこのバンドのメンバーじゃありません。代理なのです。本当のボーカルとギター担当の人はちょっと事情があって、ステージに立てなかったの。あ、ボーカルとギターは同じ人ね。だから正式のメンバーは三人だけ」

観客は静かに耳を傾《かたむ》けている。

ハルヒはすっと譜面台《ふめんだい》から離《はな》れて、ベースのもとに歩いていくと、その女子生徒にマイクを突《つ》きつけた。彼女は面食らったような顔をしていたが、ハルヒに何事かを囁《ささや》かれ、上ずった声で自分の名を告げた。

次にハルヒはドラムセットに向かって打楽器担当者にも自己紹介をさせ、すぐにステージ中央に戻ってきた。

「このお二人と、今ここにいないリーダーの人が本当のメンバーね。なわけだから、ゴメン。あたしに代役が務まったかどうかは自信ないわ。本番まで一時間しかなかったから、ぶっつけなの」

ハルヒはバニーのウサミミをひょいと揺《ゆ》らすくらいに頭を動かし、

「そうね、代役なんかじゃなくって、本物のボーカルとギターがやってる本当の曲が聴きたい人は後で言ってきて。あ、テープかMD持ってきてくれたら無料でダビングするってのはどうかしら。いい？」

ハルヒの問いに、ベーシストがぎこちなくうなずいた。

「うん、決まりね」

壇上に上がって初めてハルヒは笑顔《えがお》を見せた。あいつなりに緊張《きんちょう》してたんだろう、ここに来てようやく呪縛《じゅばく》が解けたような、いつも部室で俺たちに見せているような――とまではいかないが、それでも50ワットには達してそうなスマイルだった。

ハルヒは黙々といつもの無表情を維持《いじ》する長門に瞬間微笑《しゅんかんほほえ》みかけ、それからスピーカーのコーンを吹《ふ》き飛ばすような声量で叫んだ。

「ではラストソング！」

後で聞かされた話になる。

「校門で映画の宣伝ビラを撒《ま》いて、なくなったから部室に戻ろうとしてたのよ」

と、ハルヒは言った。

「そしたら下駄箱《げたばこ》のあたりで何か揉《も》めてたのよ。そう、あのバンドの人たちと生徒会の文化祭実行委員がね。何だろうと思ってさ、近づいてみたわけ」

「格好なんかどうでもいいわよ。とりあえず聞こえてくる話を総合すると、そのバンドをステージに立たせる立たせないで揉めてたのよね」

バニーでか。

そんなん下駄箱の前ですることもないだろう。

「それがね、軽音楽部の三年生バンドで三人組で、そのうちの一人がボーカルとギターを兼《か》ねたリーダー格だったんだけど、文化祭当日になって高熱を出したのよね。扁桃炎《へんとうえん》だって言ってたわ。声もほとんど出ないくらいで、見た感じ立ってるのがやっとみたいな」

そりゃアンラッキーだったたな。

「ほんとね。おまけにさ、ふらついた拍子《ひょうし》に自宅の部屋で転んで、右の手首を捻挫《ねんざ》までしてたのよ。ステージに立つなんて全然無理って感じ」

それなのに学校まで来たのか。

「うん。本人は死んでもやるって涙《なみだ》ながらに訴《うった》えててね、でもどう見ても病院に直行させないとダメだからって実行委員の連中が両側から、こう、グレイタイプのエイリアンを連行するみたいに。なんとか強引《ごういん》にでも連れだそうとして、で、下駄箱まで」

しかし、そんな状態でどう演奏するつもりだったんだ？　そのボーカル兼《けん》ギターさんは。

「気合いでよ」

お前ならそれで何もかもを可能とするんだろうが。

「だってこの日のために必死に練習してきたのよ。無駄《むだ》になるのが自分だけならいいわよ。でも他《ほか》の仲間たちの努力まで無駄になっちゃうじゃん。イヤよね、やっぱり」

まるで自分が努力したような言いぐさだな。

「曲だってそうよ。既製品《きせいひん》じゃないのよ？　自分たちで作曲して作詞したオリジナルなわけ。どうにかして発表したいじゃない。譜面が口をきいたらきっと『してっ』って、そう言うはずよ」

それでお前が腕《うで》まくりして出て行ったのか。

「袖《そで》はなかったけどね。ま、この学校の文化祭実行委員なんて先生の言うことを聞くだけの無能ぞろいだから、そんな奴《やつ》らの言うこと聞くことないわ。でもねえ……。いくらあたしでも、その時のリーダーさんの顔色見たらこりゃダメだなって思ったのよ。それでこう言ったの。『なんだったらあたしが代わりに出ようか』って」

よくオッケーしたな。その人もベースとドラムの人も。

「歌だけなら簡単よ。その病気のリーダー、ちょっとだけ考えるような間があったけど、『そうね、あなたなら出来るかもしれないわね』って言ってしんどそうに微笑んだわ」

ハルヒの顔と名前を知らない北高生はいない。ハルヒがどんな女であるのかも。

「でもって速攻《そっこう》その人は教師の車で病院行き、あたしはデモテープと譜面をもらってひたすらコード進行を身体《からだ》に刻み込むことにしたの。なんせ一時間しかないし」

長門は？

「うん、あたしが弾《ひ》いてもよかったんだけど、本番まで時間がなかったものね。主旋《しゅせん》律《りつ》を覚えるので精一杯《せいいっぱい》だったからギターは有希に頼《たの》むことにしたのよ。知ってる？あの娘《こ》、ああ見えて万能《ばんのう》選手なのよ」

知ってるとも。お前以上にさ。

「占《うらな》いしてるところに押しかけて、理由を言ったらすぐについてきてくれたわ。譜面を一度見ただけなんだけどビックリ。さっと眺《なが》めただけで全曲を完璧《かんぺき》に弾いたわよ。有希、どこでギターなんか習ったのかしらねえ」

たぶん、お前に言われた瞬間にさ。

それから二日ほど時は進んで月曜日になる。

俺のスケジュールにない予定外のことがあった文化祭が終了《しゅうりょう》した週明け、四限目を前にした休み時間のことである。

ハルヒは俺の後ろの席で機嫌《きげん》よくノートに何やら書き殴《なぐ》っていた。あんまり内容を知りたいとも思わないのだが、どうもSOS団プレゼンツの自主製作映画が上々の客入りだったことに気をよくして、さっそく続編の構想に入っているらしく、俺は俺でどうしたらそんな妄想《もうそう》をハルヒの頭から取り除けるかと悩《なや》んでいたところだった。

「お客さんが来てるよ」

トイレから帰ってきた国木田が声をかけてきた。

「涼宮さんに」

ハルヒが顔を上げるのを見た国木田は、教室の外を指差して臨時メッセンジャーボーイの役目を終わらせた。さっさと自分の席に戻《もど》っていく。

開け放たれたスライドドアの外に、三名ほどの大人びた女子生徒が立っているのが見える。うち一人は片手に包帯を巻いていて、他の二人には見覚えがあった。例のバンドの人たちだ。

「ハルヒ」

俺は顎《あご》をしゃくって戸口を示し、

「お前に言いたいことがあるらしいぜ。行ってやれよ」

「ん」

意外にもハルヒは躊躇《ためら》うような表情になっていた。ゆっくり立ち上がったものの、なかなか歩き出そうとしない。しまいにはこんなことまで言い出す始末だ。

「キョン、ちょっと一緒《いっしょ》に来て」

「なんで俺が、と反駁《はんばく》する間もなくカッターシャツの首根っこをつかんだハルヒは、バカ力で俺をひきずりながら教室の外に出た。三人の上級生の顔がほころぶ。

ハルヒは俺を強引《ごういん》に隣《となり》に立たせておいて、

「扁桃炎はもういいの？」

俺が初めて見る三年女子に言った。

「ええ。だいぶ」

その人は喉《のど》を撫《な》でるように触《ふ》れてから少しハスキーがかった声で答え、

「ありがとう、涼宮さん」

深々とお辞儀《じぎ》をした。三人揃《そろ》って。

聞けば、彼女たちのもとには全校（特に女性層）からオリジナルデモテープを所望《しょもう》するリクエストが殺到《さっとう》しているのだそうだ。現在、ダビングMDをせっせと配布しているところなんだという。

「びっくりするくらいの数よ」

その数を聞いて俺も驚《おどろ》いた。ハルヒのボーカル、長門のギターというバッタモン演奏ではない彼女たち本来の楽曲を求める人間たちがそこまでいるとは、確かに予想外の波及《はきゅう》効果だ。

「全部、あなたのおかげ」

三人は有能な下級生に向ける笑顔《えがお》を寸分の違《たが》いもなく見せていた。

「これであたしたちで作った曲を無駄にせずにすんだ。本当に感謝してる。さすがは涼宮さんね。軽音としては文化祭が最後の思い出になるだろうから自分でやりたかったけど、でも棄権《きけん》するよりも何倍もよかった。あなたには下げる頭もないくらい」

作り笑いではない微笑《びしょう》をたたえた三年生の先輩《せんぱい》女子から言われるのは、俺がその対象となっているわけでもないのに妙《みょう》に気恥《きは》ずかしい体験だった。だいたいどうして俺がハルヒの横に立ってないといかんのだ？

「何かお礼できたらと思うんだけど」

と言うリーダーさんに対して、ハルヒはバタバタと手を振《ふ》らせた。

「いいっていいって。あたしは気持ちよく歌えたし、いい曲だったたし、生バンドつきのカラオケをタダでしたようなもんだから、お礼なんかもらったらかえって後ろめたいわ」

ハルヒの口調におやと思う。どことなくあらかじめ用意していたセリフを読んでいるような気配がする。上級生相手にタメ口なのはこいつらしいが。

「だから気にすることなんかないわよ。それより有希に言ってあげて。あの娘にはあたしが無理矢理やらしちゃったようなもんだし」

長門のクラスには先に行った、と彼女たちは答えた。

それによると、感謝と賞賛の言葉を無表情に聞いていた長門は、ただ一回だけうなずいて、黙《だま》ってこちらの方角を指差したという。情景が目に見えるようだ。

「じゃあ」

最後にリーダーさんは、

「卒業までにそのうちどこかでライブをするつもりだから、よかったら見に来てね。そちらの……」

俺を見てやんわりと目を細め、

「オトモダチと一緒に」

しかし、どうして彼女たちのもとに原曲を求める声が次々と押し寄せたのだろうか。

これまた後で聞いた話になる。その謎《なぞ》とも言えないような小さな疑問は、こういう時にだけはよく喋《しゃべ》る奴が明かしてくれた。役に立つ野郎《やろう》だ、まったく。

「涼宮さんの歌とリズムセクションの間に微妙なズレがあったのに気づきましたか？　正確に言うと涼宮さんの唄《うた》うメロディラインと長門さんのリフ、その二つとベース・ドラムの間にですよ」

と、古泉は言った。

「ほとんど無意識でしか感じ取れないレベルですがね。なにしろぶっつけ本番とは思えないほど四人の演奏は息が合っていました。驚くべきは涼宮さんの音感です。デモテープを三回ほど聴《き》いただけだという話でしたよね」

プロ級の腕前《うでまえ》で完璧に弾きこなしていた長門にも驚いてやりたかったのだが、あいつならそれくらいは平気でするからな。

「ですが、それも完璧とはいかなかったのですよ。何と言ってもオリジナル楽曲でしたからね。自分たちで作った曲を何度も反復練習していたメンバーと、緊急《きんきゅう》登板した涼宮さんでは元々の下地が違います」

当たり前だろう。

「ええ。つまり本来のバンドメンバーであるベース及《およ》びドラムと、大急ぎで覚えなければならなかったメロディを独自にアレンジして唄っていた涼宮さん、その歌声に合わせてギターを弾いていた長門さんの四人によるコラボレーションは、微小ではありますがズレを発生させていたんです。それが聴いていたオーディエンスの心に引っかかるものを残したのですよ。ただし識閾下《しきいきか》レベルでね」

あいかわらず、もっともらしいことを言う。心理学用語で解説すれば何でもありだとか思ってないか？

「分析《ぶんせき》した結果ですよ。解説を続けますと、そうして二曲目三曲目と演奏が続くにつれて聴衆《ちょうしゅう》の無意識的引っかかりは大きくなり、いよいよ最後の曲になりましたが……。その前に涼宮さんがしたことはなんですか？」

本来のボーカル兼《けん》ギターメンバーがステージに立てなかったから、自分と長門が急造の代役で――みたいなことを言ってからベースとドラム二人のメンバー紹介《しょうかい》しかしてなかったが。

「それで充分《じゅうぶん》だったんですよ。その瞬間《しゅんかん》に謎が解けたんです。胸につかえていた奇妙《きみょう》な疑問がね。ああなるほど、この奇妙な違和感《いわかん》はそれだったか――と」

言われてみれば……だな。腑《ふ》に落ちないでもない。

「涼宮さんのボーカルも長門さんのギターもまったく悪くないものでしたし、むしろ高校の軽音楽部レベルを軽々と超越《ちょうえつ》していましたが、聴衆はこう思ったのですよ。にわかボーカルとギターでこれほどのものなら、オリジナルメンバーの演奏ではいかほどのものになるのだろうか――」

ＭＤ希望者が殺到した理由がそれか。

「涼宮さんはうまく唄いきりましたよ。ほぼ完璧《かんぺき》にね。ですが完璧すぎなかったことで、かえって好結果を生んだんです。さすがと言うべきでしょう」

そうかもしれん。ハルヒとたまたま出くわしたことは、あの三年生バンドの人たちにとっては確実にいい結果だったろう。

でもな。じゃあ俺たちはどうなんだ？

「さて。僕たちと申しますと？」

この学校で誰《だれ》よりもハルヒに深入りしちまっているＳＯＳ団団員にとってはどうなんだよ。あいつと出会ったことで、俺たちにもそれぞれ〝いい結果〟なんてのが待っていたりしてくれてるのか？

「さあ、それは終わってみないと解《わか》りません。そうですね、すべてが終わったときに、そんなに悪くなかったと思うことができたら幸せですね」


三人の三年生は四限が始まるチャイムギリギリで帰って行った。

不可解にもハルヒは複雑な顔をして自分の席に戻《もど》り、その顔のまま四限目の授業を上の空で聞き続け、昼休みになるや教室からさっと姿をくらました。

俺は国木田とともに谷口のイイワケ、「いや、マジで文化祭にはロクな女が来てなかった。俺が思うに、この高校は立地条件が悪すぎるぜ。もっと平地にねえと」とか言ってる話を聞き流しながら弁当をかき込む作業に没頭《ぼっとう》し、空になった弁当箱をカバンに放《ほう》り込んでから席を立った。

意味はない。ただ何故《なぜ》か無性《むしょう》に腹ごなしの散歩をしたい気分だったのだ。しばらくブラブラと歩くままに進んでいると、どういうわけか俺の足は中庭に向いていた。部室棟《とう》へと続く渡《わた》り廊下《ろうか》から道を外れて、ところどころがハゲかけた芝生《しばふ》を歩く。すると偶然《ぐうぜん》にも、ハルヒが寝《ね》ころんでいるところに出くわした。

黒髪《くろかみ》と組んだ両手を枕《まくら》にして、雲の観察を熱心にしているふうである。

「よう」

と、俺は言った。

「どうした。さっきの休み時間からやけに殊勝《しゅしょう》な顔をしてるじゃねえか」

「なによ」

ハルヒは上の空のような返答を寄こし、まだ雲を眺《なが》めている。俺も同じようにしてみた。つまり、何も言わずに黙って空を見上げたのだ。

そうやってどのくらい沈黙《ちんもく》していただろうか。三分もたっていないと思うが体内時計には自信がないからな。

どうでもいいような沈黙合戦ののち、最初に口を開いたのはハルヒだった。なんとまあ、いかにもしぶしぶ話をしてやってるんだというような声色《こわいろ》だったが、

「うーん、なんか落ち着かないのよね。なんでかしら」

ハルヒの口調に素直《すなお》な戸惑《とまど》いを感じて、俺は苦笑《くしょう》しそうになった。

「俺が知るわけないだろ」

それはな、お前が人から感謝されることに慣れていないからなのさ。面と向かってありがとうなんて、言われそうにないことばっかお前はやってるもんな。今回のバンドの助《すけ》っ人《と》も、ひょっとしたら余計なことをしちまったのかとひそかに気に病《や》んでたんじゃないか？　お前なら声帯に穴が空いてようが両手を骨折してようが、周囲が制止しようとすればするほど何としてでもステージに立ってそれこそ気合いで何とかしてしまうだろうから、誰かの助太刀《すけだち》を仰《あお》ごうなんて考えたりもしないよな。

だがどうだい？　あの上級生さんたちの役に立った気分はさ。結果的に彼女たちのオリジナル曲を求める人間が大いに増えて、それもこれもお前が実行委員に敢然《かんぜん》と立ち向かったからこそなんだ。彼女たちの感謝の言葉は本心からのものだったろう。きっとお前のやったことは最良から二番目くらいに的確な処置だったのさ。どうだハルヒ？　これでお前も善行に目覚めたろ？　以降の人生を世のため人のために働くように心がけたらどうだ。

……なーんてことを俺は言ったりしなかった。思っただけである。だからこの時、俺がやったのはただハルヒの横に立ってふと空を見上げることくらいさ。文化祭終《しゅう》了《りょう》をきっかけにしたように、途端《とたん》に秋めいてきた山風が細い雲を追い立てている。

ハルヒも無言でいた。わざと作っているに違《ちが》いない表情はちょっとした不機嫌《ふきげん》を表示していたが、頭の中ではまた別の表情があるのだろう。

「何よ」

寝そべったままハルヒは俺に視線だけを向けてきた。

「なんか言いたいことがあんの？　なら言いなさいよ。どうせロクなことじゃないんでしょうけど、黙《だま》って溜《た》め込むのは精神に悪いわよ」

パンチのきいた目の光である。

「別に。なんも」と俺。

ハルヒは上体を起こして芝生をブチブチ千切ると俺に向かって投げつけた。しかし気象を操《あやつ》る神は俺に味方する気になったようで、不意に逆巻いた吹《ふ》き下ろしの風が緑色の破片《はへん》をハルヒの顔へと逆襲《ぎゃくしゅう》させる。

「もう！」

ぺっぺっと口に入った芝を飛ばしながらハルヒは再び寝ころんだ。

何となく気になって俺は部室棟を見上げた。ここからだと文芸部の窓が見える。もしや、そこに細っこくて髪《かみ》の短い人影《ひとかげ》が立って俺たちを見下ろしているんじゃないかと思ったのだが、そのような情景は目に入ってこなかった。そりゃそうだ。

またもや沈黙がひとしきり続き、ややあってポソリとした声が、

「ライブもいいものよね。あんなのでよかったのかなって少しは思うけど……。けど、そうね。楽しかったわ。何ていうの？　いま自分は何かをやってるっていう感じがした」

バニーでステージ立って譜面《ふめん》見ながらぶっつけ本番をやってのけ、あげくに楽しかったと言い放てるんだからお前の根性レベルは上限なしだな。解《わか》ってはいたけどさ。

「だから、あのケガしてた人も実行委員に最後まで粘《ねば》ってたのね」

「きっとそうだな」

俺は俺で少なからずしんみりしていたのが悪かった。やはり油断していたのだろう。

「ねえ！」

それまでメロウな雰囲気《ふんいき》をまとっていたハルヒが、突然《とつぜん》飛び上がって俺に顔を近づけてきたとき、反射的にたたらを踏《ふ》んじまったんだからな。おまけに特上の笑顔《えがお》へと百面相を遂《と》げたハルヒが、高らかな声で次のように言ったとあっては。

「ねえ、キョン。あんた何か楽器弾《ひ》ける？」

とてつもなく嫌《いや》な予感に最大速度で襲《おそ》われ、俺は全速力で首を振《ふ》った。

からね」

「あっそう。でも練習次第《しだい》でどうにでもなるわ。なんたって後一年も時間があるんだからね」

おいおい。

「来年の文化祭、あたしたちもバンドで参加しましょうよ。軽音楽部じゃなくてもオーディションに受かれば出れるみたいだし、あたしたちなら楽勝だわ。あたしがボーカル、有希がギターで、みくるちゃんはタンバリンを持たせてステージの飾《かざ》りになってくれればいいわよね」

いやいや。

「もちろん映画の第二弾《だいにだん》も作らないといけないから、うん！　来年はいそがしくなるわよ。やっぱ目標数値は常に昨年対比を上回らないといけないのよね！」

待て待て。

「さ、行くわよ。キョン」

おい、いや待て。どこへ。何のために。

「機材をもらいによ！　軽音楽部の部室に行けば余ってるのが何か落ちてるわ。それにあの三年生バンドの人たちに作曲方法とか聞いとかないと。善は急げ」

急ぐときこそあえて回るべきではないかと俺が考え込むのも無視し、ハルヒはがっしと俺の手首をつかむと、引きずるようにして歩き始めた。大股《おおまた》で。威勢《いせい》よく。

「安心しなさい。作詞作曲プロデュースはあたしがやったげるから。もちろんアレンジと振り付けもね！」

やれやれだ。またもやハルヒの脳内にしかない謎《なぞ》のスイッチがカチリと音を立てて変なところにハマったらしい。UFOでももう少しソフトだろうと思える力任せのアブダクションを受けながら、俺はもう一度宙を見上げて助けとなりそうな人影を求めた。

部室の窓辺には誰《だれ》も立っていない。達人級ギタリストでもある魔法使《まほうつか》いみたいな宇宙人は、今頃《いまごろ》はのんびりと読書に励《はげ》んでいるらしかった。まあ、秋だしな。

「自分の足で歩きなさいよ。ほら、階段なんか三段飛ばしで！」

振り返ったハルヒは輝《かがや》かしい瞳《ひとみ》に楽しいことを思いついた時の色を存分に広げ、歩調の速度をさらに増し、ついには走り出した。

しょうがないので俺も走る。

何故《なぜ》かって？

ハルヒの手が俺から離《はな》れるには、まだ時間がかかりそうだったからさ。

そんな感じで、一年目の文化祭は季節の移り変わりとシンクロしたような慌《あわ》ただしさとともに通り過ぎて行ったわけだが、ハルヒの頭の中にはまだお祭り騒ぎの余韻《よいん》がわだかまっているらしく、その余韻の背景で「前売り券絶賛デザイン中」とか「全米を震撼させる（予定）」とか「構想一年、撮影一ヶ月（ほぼ決定）」とかのキャッチコピーがタイポグラフィっぽく文字を躍《おど》らせているようだった。

ようするに来年の文化祭に向けてアホ映画二作目をせっせと考え始めているのだ。気が早いにもほどがあるだろう。

俺としては担《かつ》いで歩いていた重い荷物をようやくの思いで届け終わり、やっと帰れるとばかりに安息の心持ちでいたところにさらに重量を増した荷物の配送予約が入ったようなもので、獣道《けものみち》でベンガルトラに待ち伏《ぶ》せされていた小動物のように怯《おび》える主演女優と一緒に恐《おそ》れおののくしか手がないのだが、それも先だって上映された映画があんまりなシロモノだったせいだ。

どれほどあんまりだったのかは、まあ、以下の通りである。

朝比奈ミクルの冒険　Episode 00

彼女の名は朝比奈ミクルと言い、ごく普通《ふつう》の健気《けなげ》で可愛《かわい》らしい少女であるが実は未来人である。どこかで聞いたような名前を持つ朝比奈みくるという人物とは単なる他人の空似に過ぎず、そこに同一性はないことをあらかじめ断っておきたい。

それはさておき、朝比奈ミクルの正体は未来から来た戦うウェイトレスである。なぜウェイトレスが未来から来るのか、なぜウェイトレスの扮装《ふんそう》をしなくてはならないのか、そのようなことは些末《さまつ》な問題に過ぎず、端的《たんてき》に言えば何の意味もない。ただそうなっているからであるとしかここでは説明不能であり、そこに有意性を持たせることの出来る人物は存在しないであろう。

……どこかから木霊《こだま》する天の声がそのように主張しているだけだからである。

さっそくだが、そんな朝比奈ミクルの普段《ふだん》の日常を垣間見《かいまみ》ることにしてみよう。

彼女の普段着《ふだんぎ》はバニーガールスタイルである。なぜならミクルの通常業務は、地元商店街における客寄せ用呼び子ということになっているからだ。彼女は夕方になるとバニーガールの衣装《いしょう》に身を包み、商店街の店先でプラカードを掲げ《かか》つつ店の軒先《のきさき》で嬌《きょう》声《せい》を張り上げるという、いわゆるバイトによって生計を立たせているのだった。わざわざ未来から来るのであれば、もっと効率的な稼《かせ》ぎの手法を知っていそうなものだが、この物語においてそのような現実的な配慮《はいりょ》はまったく皆無《かいむ》のまま進行を遂《と》げることになるので、展開上、余計な期待感を生じさせる前に今のうちに説明しておいた方がより親切設計と言えるだろう。

つまり彼女は、バニーガールに身をやつした戦う未来人のウェイトレスなのである。

何の意味があってそんな扮装をしなければならないのか、という疑問は最後まで解消されないのでこれも先だって断言しておく。ようするに意味などないのであり、たとえあったとしても永遠に明かされないだろうから、それはないも同然であるわけで、結果からすれば同じ事だ。

そんな朝比奈ミクルは、今日も今日とて、元気にバニールックに身を包み、商店街の軒先でプラカードを掲げて呼び子に邁進《まいしん》しながら糊口《ここう》をしのいでいる。

「お急ぎのところすみませえん！　今日は生きのいい白菜が大量入荷《にゅうか》でーす！　タイムサービス、タイムサービスなのでーす！　今から一時間ぽっきりで白菜一株半額セールでっすー！　そこの奥さーん、買ってあげてくださーい！」

八百屋さんの前で引きつり気味の声を上げているミクルの姿を見ることができる。

背の低い小柄《こがら》な身体《からだ》をぴょんぴょん跳《は》ねさせているせいで揺《ゆ》れているのはウサミミだ

けでなく、彼女の身体の一部もそうであったが、八百屋さんの購買層《こうばい》である主婦たちにそんな色仕掛《いろじか》けまがいの効果があるのかどうかと思われる部分でもあるものの、ミクルの必死な姿と一途《いちず》な雰囲気《ふんいき》は万人《ばんにん》の微笑《ほほえ》みを誘《さそ》う境地に達しており、通りかかった人々は思わず人の良い笑顔を生み出して財布《さいふ》の紐《ひも》をついつい緩《ゆる》めてしまうのであった。

「ミクルちゃん、今日も精が出るね」

という台本じみた言葉を通行人たちに投げかけられつつ、ミクルは蛍光《けいこう》ピンクのヒマワリのような笑顔で、

「は、はいっ！　がんばってます！」

がんばりすぎのコスチュームで明るく返答し、商店街に無垢《むく》なる魅力《みりょく》を振《ふ》りまいている。

その魔力《まりょく》たるや予定していた今晩のメニューを変更《へんこう》し、白菜鍋《なべ》にさせてしまうぐらいのパワーを誇《ほこ》っているというから驚《おどろ》きの一言だ。

「数に限りがありまーす。お急ぎくださーい」

そのうち八百屋さんの前には黒山のような人だかりが生まれ、たちまちのうちに白菜は品切れを迎《むか》えることとなった。

店主に呼ばれて奥に引っ込んだミクルは、青果店経営森村清純《もりむらきよすみ》さん（46）に日当の入った封筒《ふうとう》を手渡《てわた》された。

「いつもすまないねえ。少ないけど、これ、取っといて」

苦労の数が皺《しわ》となって顔を覆《おお》う森村さんのゴツい手から茶封筒を受け取ったミクルは、

「そんな、ぜんぜんです。あたしこそいつもごめんなさいです。こんなことくらいしかできなくて……」

ペコペコ頭を下げてどこまでも謙虚《けんきょ》な姿勢を崩《くず》さない勤労少女であった。ミクルは封筒を大きく開いた胸元《むなもと》にそっとねじ込みながら、

「それじゃ、次はお肉屋さんのところに行かないといけないので、これで失礼します。失礼しました！」

プラカードを抱《かか》え、ミクルは商店街を駆《か》け出し始める。今や彼女はこの商店街になくてはならないマスコットキャラとして地域住人に愛され、親しまれる存在であった。がんばれミクル。去年出来た大型デパートに取られた客数を商店街に取り戻《もど》すのだ。地域の活性化と個人店舗《てんぽ》の命運は、ひとえにミクルの双肩《そうけん》にかかっている。

そんな煽《あお》りの一つでも入れてあげたい気分になってきた。

とは言うものの、ミクルは一地方都市の寂《さび》れかけた商店街を救うために未来からやってきたわけではない。あくまでバニースタイルは世を偽《いつわ》るかりそめの姿であり、本職は戦うウェイトレスであることを忘れてはいけない。どっちでもいいような気もす

るが、ここではそうなっているのだから仕方がない。物語は天の声の絶えざる思いつきの産物によって、行き当たりばったりに進行することになっているからである。

それでミクルの本当の目的だが、その重要な任務が何であるかと言うと、すなわち一人の少年を陰《かげ》ながら見守ることであった。

その少年の名を古泉イツキと言い、ごく普通のどこにでもいそうな高校生であるが実は超能力者《ちようのうりよくしや》である。どこかで聞いたような名前を持つ古泉一樹《いつき》という人物とは単なる他人の空似に過ぎず、そこに同一性がないことはあらためて言うまでもないだろう。超能力者とは言ったものの、古泉イツキ本人はその自覚がない。どうやら何かをきっかけにして秘《ひ》めたるスーパーナチュラルパワーが覚醒《かくせい》するらしいのだが、今のところそれは未然に防がれて主観的にも客観的にも一般《いっぱん》人と何ら変わらない高校生活を送っている。

今日もまた、イツキは学生鞄《かばん》をぶらさげ能天気スマイルを浮《う》かべつつ帰宅の途上《とじよう》にあった。その彼の通学路は、まさにこの商店街のメインストリートにあるわけである。

「…………」

イツキの後ろ姿を、物陰からひっそりと覗《のぞ》く影《かげ》があった。その影には頭から伸《の》びた長い耳が二つあり、ほとんど裸体《らたい》に近いシルエットをしていることから、それがミクルであるのは誰《だれ》の目にもあきらかで、だいたいひっそりと覗きたいのであればそんな目立つような衣装《いしょう》はふさわしくないようにも思われるが、何と言っても彼女の通常モードはバニーガールなのであるからどうしようもない。

「ふう」

と、ミクルは息を吐《は》いた。イツキの無事な姿に安堵《あんど》したようでもあり、憧《あこが》れの上級生になかなか声をかけることのできない下級生が思わず漏《も》らした溜息《ためいき》のごときもののようでもあるが、考えると腹が立つので後者の可能性は無視するものとする。

イツキの後ろ姿が遠ざかるのを見送り、ミクルは『牛ハラミ肉百グラム98円（ハートマーク、牛のオリジナルイラスト入り）』とマジックで手書きされたプラカードを提《さ》げ、どこか悄然《しょうぜん》とした面持《おもも》ちで商店の間をイツキとは反対方向に歩き出した。

店先から口々にかけられる慰労《いろう》の言葉にいちいち御辞儀《おじぎ》をしながら、辿《たど》り着いた先は薄暗《うすぐら》い文房具《ぶんぼうぐ》店である。ここの店主こそが商店街の組合長でもあり、今のミクルに居住スペースを提供している鈴木雄輔《すずきゆうすけ》さん（65）であった。

「お帰りミクルちゃん。お疲《つか》れかい？」

どことなく棒読みに近い節回しで言いながら、鈴木さんは好々爺《こうこうや》然とした笑顔《えがお》でミクルを出迎《でむか》える。

「えーと、平気です。今日はお客さんも多くて……。えーと、その、大繁盛《はんじょう》でした」

「それはいいことだなあ」

鈴木さんに会釈《えしやく》一つをして、ミクルは店の内部にある急な階段を上っていく。短い廊下《ろうか》の奥にある四畳半《よじようはん》一間の畳敷《たたみじ》きが、ミクルのこの時代の宿ということになっていた。

鈴木さんは他《ほか》に自宅を構えているので、この部屋は元々空き部屋であったのだ。どういう過程があったのかは解《わか》らないが、未来から来たミクルはここに居を構えているのだ。

襖《ふすま》を閉めたミクルは、のろのろとバニーガールの扮装《ふんそう》を解き始めた。残念ながらこのシーンはカットされ、次のシーンはぶかぶかのTシャツをまとったミクルがせんべい布団《ぶとん》に潜《もぐ》り込むところで始まり、また終わった。

一方で、古泉イツキを曰《いわ》くありげな雰囲気で見つめるもう一つの影も存在した。

その影の名は長門ユキと言い、ごく普通《ふつう》でもなければ一般的な少女にも見えないが、それもそのはず実は悪い宇宙人の魔《ま》法使《ほうつか》いである。幅広《はばひろ》のトンガリ帽子《ぼうし》にマント姿という、およそ時代の流行にも日常着の範囲《はんい》そのものにも外れた格好をしていることからもその片鱗《へんりん》はうかがい知ることができるというものだ。ちなみにどこかで聞いたような名前を持つ長門有希という人物とは単なる他人の空似に過ぎず、そこに同一性は欠片《かけら》もないというこの説明もだんだん面倒《めんどう》になってきた。

「…………」

感情が一筋も刻まれていない無表情でユキが立っているのは、高校の屋上である。この高校こそイツキの通うそれであるわけで、なるほどこのユキもまたイツキに対して何やら思惑《おもわく》があるらしいと思わせるシーンのつもりなのだろうが、時間の流れからしてイツキはとっくに下校しているはずであり、ユキはイツキ不在の校舎に取り残されたように立っているわけだから、なんとも意味のつかみかねるカットインである。

先ほどの商店街では夕方だったような気もするのだが、この時ユキの上空にある太陽はほぼ南天に位置して日差しも真っ昼間のような気がするのは、これはもう気がするという曖昧《あいまい》な範疇《はんちゅう》を逸脱《いつだつ》して、はっきりと昼休みに撮影《さつえい》されたからである。いかに監督《かんとく》が時間の流れを気にせずに撮影を強行し、編集の段階で大いなる苦労が降りかかったかが、こういうところからも知れ渡《わた》るであろう。

それはこの後の展開も同様である。

時間の関係でそこに至るいきさつはまるっきり描《えが》かれることはないのだが、とうとうミクルとユキは最初の対決を迎えることになった。

なぜか場所は森林公園であり、意味もなくミクルはいったん神社で鳩《はと》と戯《たわむ》れたのち、ここにやってきた。

当然バニーガールの衣装ではなく、ミニスカートすぎるウェイトレスの衣装を着込んでいる。髪《かみ》をツインテールに結《ゆ》い、グラマー度を強調しまくって余りある格好のミクルは、いかにも重そうにオートマチック拳銃《けんじゅう》を両手に握《にぎ》りしめている。その表情には、ある意味であきらめにも似た決意が滲《にじ》み出ており、かえって哀愁《あいしゅう》を漂《ただよ》わせていたがそれが演技指導によるものではなく自分の今の境遇《きょうぐう》についての感情の表れであるのも見ての通りである。

かたや、暗黒の衣装に全身を固めた長門ユキのほうは、自分の境遇にさしたる感想もないようで、ただぽつんと直立して星マーク付きの魔法の棒を持っている。

向かい合って立つ二人の少女は、視殺戦というにはあまりにも薄弱《はくじゃく》なにらみ合いを繰《く》り広げていたが、ミクルのほうが終始おどおどしているのは勝つ見込みが少ないと自覚しているからだろうか。

「えいっ！」

ミクルは闇雲《やみくも》に拳銃を構え目を閉じながら続けざまに引き金を引き絞《しぼ》る。銃口から迸《ほとばし》る小さな弾丸《だんがん》が次々とユキを襲《おそ》った。しかしその大半はユキの横を虚《むな》しく通り過ぎ、的に向かって飛んだものは五指で足りるだろう。

もちろん的となっているユキも迫《せま》り来る脅威《きょうい》を放置などしない。ヘスターリングインフェルノ〉という大層な名前の付けられた魔法棒を左右に振《ふ》って、そのことごとくを打ち落とす。

「ううっ……」

長くを待つまでもなく、拳銃は弾《たま》切《ぎ》れをおこして沈黙《ちんもく》する。

「こ、こうなっては奥の手ですっ！　とうりゃっ」

奥の手にしては出すのが早すぎのような気もするが、ミクルは可愛《かわい》いかけ声を放って拳銃を投げ捨て、ぱっちりと目を見開いた。

紺碧《こんぺき》色に輝《かがや》く左目を存分に見せつけて、Vサインにした左手の指を顔の横に当てる。

「みっみっ、ミクルビーーム！」

一声叫《さけ》ぶやウインクしたその瞳《ひとみ》から必殺の光線が放たれた。恐《おそ》るべき殺人光線は光速でもって空間を横切り、その途上にある一切《いっさい》の物質を貫通《かんつう》する——はずであったが、それを快しとしない人物がいた。

長門ユキである。

コマ落としをしたわけでもないのに瞬間《しゅんかん》移動を果たしたユキは、右手を差し出しミクルビームをつかみ取る。微《かす》かにジュッというナチュラルなサウンドエフェクトが届く前に、地を蹴《け》ったユキはミクルに肉薄《にくはく》していた。

「ひえっ⁉」

迫り来る黒い影に腰《こし》を引かすミクル。ユキは黒衣姿《いしょう》がブレるほどの速度でミクルを追撃《はくげき》、ミクルの顔を無造作につかんでそのまま地面に引き倒《たお》した。

「あぎゃっ……なな長門さ……！」

手足をバタバタするウェイトレス衣装、それにのしかかる長門ユキ。

いったいこの後、事態はどのような急転直下を迎《むか》えるのか。果たしてミクルの運命は？　イツキはいったい何のために出てきたのか？

すべての謎《なぞ》に含《ふく》みを見せたまま、しばらく主演女優二人による大森《おおもり》電器店ＣＭをお楽しみください。

……………。

そのＣＭ明けは、ウェイトレスミクルがしょんぼりと歩いているところから始まる。

「ミクルビームが通用しないなんて……。なんとかしなくちゃ」

というようなことを呟《つぶや》いているのは、例の商店街でのことである。とぼとぼ歩きのミクルは乱れた服装で文具店まで戻《もど》り、家具もろくすっぽない小部屋へと引っ込むと、また着替《きが》えをするようだ。どうも変身ヒロインというわけでもないようで、衣装はいちいち脱《ぬ》いだり着たりする必要があるらしい。

次に襖が開いたとき、ミクルは再びバニーガールとなって登場、うつむきかげんに階段を下りていく。

どうやら闘《たたか》いの勝敗はともかく、今日もバイトに出かけなくてはならないらしい。真面目《まじめ》なのか抜《ぬ》けているのか、いや単なる努力家なのか、涙《なみだ》を誘《さそ》うような境遇もあったものであり、このへんはミクルの実体に何となく近いような気もする。

ところでその頃《ころ》、古泉イッキは相も変わらずの何も考えていないような顔で空虚《くうきょ》に道を歩いていた。

その前に姿を現したのが神出鬼没《しんしゅつきぼつ》の怪人《かいじん》黒マント、長門ユキである。ユキは肩《かた》に三《み》毛《け》猫《ねこ》を乗せていて、猫は爪《つめ》を出してユキの黒衣にしがみついている。ユキより猫のほうがバランスに気を遣《つか》っているような気配を感じるが、元々気配がないのがユキの特《とく》徴《ちょう》なので、この時イッキの行く手を遮《さえぎ》ったのも突然《とつぜん》のことであった。

さすがに驚《おどろ》いたような顔をつくったイッキは、猫付き魔法使いの前で立ち止まり、

「何者です？」

もっと適切なセリフがあってもよさそうなものだったが、とりあえずここではそう言うことになっていた。

「わたしは」

ユキはタメを持たせて喋《しゃべ》った。

「魔法を使う宇宙人である」

猫を見つめながらイッキは応《こた》えた。

「そうなんですか」

「そう」

ユキも猫を見つめている。

「僕に何の用です」

「あなたには隠《かく》された力があるので、わたしはそれを狙《ねら》っている」

「迷惑《めいわく》だと言ったらどうします？」

「強引《ごういん》な手を使っても、わたしはあなたを手に入れるだろう」

「強引な手とはなんでしょうか」

「こうするのだ」

ユキは〈スターリングインフェルノ〉をゆらーりと振った。途端《とたん》、その星マークから稲妻《いなずま》のような透過《とうか》光が発射される。

「危ないっ！」

横から飛び出してきたバニーガールがイッキにタックルを決めた。もつれ合って転がる二人の人間。稲妻は宙を飛んで電信柱に弾《はじ》けて消えた。

イッキに覆《おお》い被《かぶ》さるバニーなミクルという実に腹立たしい状況《じょうきょう》が完成し、どういう思惑《おもわく》があるのかユキは追加攻撃《こうげき》をしかけなかった。

転がった拍子《ひょうし》に頭を打ったミクルが目を回しているからかもしれない。イツキに肩を揺《ゆ》さぶられて黒目に戻ったミクルは、

「いたたた……」

側頭部をさすりながら立ち上がり、果敢《かかん》にも長門を指差しながら、

「あなたの思うとおりにはさせません……！」

と叫んだ。

ユキはじっとミクルを見つめていたが、やがて肩の三毛猫の髭《ひげ》に感情のない視線を向け、またミクルを見つめて呟いた。

「ここはひとまず退散しておく。けれど次はそうはいかないのだ。その時までに自分の戒名《かいみょう》を用意しておくことだ。今度こそわたしは容赦《ようしゃ》を失ってお前を討《う》ち滅《ほろ》ぼすだろう」

ミクルにそんな時間的余裕《よゆう》を与《あた》える意味が何一つ解《わか》らないが、ともかくユキはそう言って背を向けた。てくてくと歩いていく黒い姿が小さくなっていく。

イツキが言った。

「あなたは誰《だれ》ですか？」

「えっ？」

ホッとした表情だったミクルは途端に顔色を変化させ、

「あっ、えー……。あたしは通りすがりのバニーガールです！　それだけなんです！　じゃあさようならっ」

ユキの後ろ姿を追うように駆《か》けていく。

「あの人はいったい……」

イツキが無駄《むだ》に遠い目をしながら言って、画面は意味もなく白い雲へとパンした。


次のミクルvsユキ、そこは湖畔《こはん》の際《きわ》での事だった。

言うまでもないことかもしれないが、ここに至る過程は省かざるを得ない。何かまあそれっぽいアレやコレやがあって、再戦の火蓋《ひぶた》が切られることになったんだろう多分。


「ここここんなことではっあたしはめげないのですっ！　わわっ悪い宇宙人のユキさん！　しんみょうに地球から立ち去りなさいっ……。あの……すみません」

「あなたこそこの時代から消え去るがいい。彼は我々が手に入れるのだ。彼にはその価値があるのである。彼はまだ自分の持つチカラに気付いていないが、それはとてもきちょうなものなのだ。そのいっかんとしてまず地球を侵略《しんりゃく》させていただく」

「そそそそんなことはさせないのですっ。この命にかえてもっ」

「ではその命も我々がいただこう」

今回のユキは猫連れでない。代わりに他《ほか》のものを連れていた。どこかから連れてきたらしい高校制服姿の男女であり、活発そうな少女が一人、途方《とほう》に暮れた顔つきの少年が二人で計三名を数える通りすがりの人間だ。

少なくとも髪《かみ》の長い少女だけはミクルの知り合いであったらしく、

「あっあっ、鶴屋さん……。ま、まさか、あなたまで……。しょしょ正気に戻ってください！」

「そんなカッコしてるみくるに正気に戻れとか言われてもなあっ！」

一瞬《いっしゅん》、素《す》で答えた鶴屋さんは、口元をわざとらしく歪《ゆが》めて、

「みくるーっ。ごめんねえ。こんなことしたくないんだけど、あたし操《あやつ》られちゃってるからぁ。ほんと、ごめんよう」

「ひい」

「さあ、ミクル。かくごしろ～」

まったく鬼気《きき》の迫《せま》らない演技でミクルににじり寄る鶴屋さんと他二名。

後ろの方でユキが棒を振《ふ》って指揮する感じを出している。その指揮棒から出る念波か電磁波かは知らないが、とにかくそのような意味具合のシロモノによって、鶴屋さんと他二名は自意識を喪失《そうしつ》した木偶《でく》人形として操作されてしまっていた。

恐《おそ》るべし長門ユキ。なんて卑怯《ひきよう》な手を使うヤツなのであろう。これではミクルは手を出せない。どうするんだ、ミクル。

「ひええ、ひえええ」

どうしようもなかった。

哀《あわ》れ、ミクルは両手両脚《りようあし》を鶴屋さん他二名によって押さえ込まれ、そのまま緑色に濁《にご》った池へと放《ほう》り投げられた。何の手違《てちが》いか、他二名のうち不真面目《ふまじめ》そうな少年も池の縁《ふち》からダイブを敢行《かんこう》していたが、それはついでの出来事だ。放っておけば勝手に這《は》い上がるだろう。

「ひ、あぶぅっ……はわぁ……っ！」

足が届かないほどの深みであったらしい。ミクルは恐怖《きようふ》におののいた顔で必死に水しぶきを上げていて、焦《あせ》りのあまりかまったく前進することはなかった。このままでは遠からず池の底で魚につつかれるという非常にマズい末路が待っている。しかしミクルは泳げないのか、泳げないことになっているのか、必死に水面をバシャバシャしているだけである。朝比奈ミクル最大のピンチだ。

しかしそこはヒロイン、ちゃんと救いの手は差し伸《の》べられることになっていた。

「どうしました？」

横から颯爽《さつそう》と登場したのは古泉イッキだった。水面ギリギリにしゃがみこんだイッキは、マンガチックなまでに見事な溺《おぼ》れ方をするミクルに腕《うで》を伸ばした。

「つかまってください。落ち着いて。僕まで引っ張り込まないようにね」

ところで、イツキは今までどこに隠れていたのだろうか。池の周辺は平坦《へいたん》な地面のみであって身を隠せそうな障害物は皆無《かいむ》であり、出てきたタイミングから逆算すると、ミクルが池に叩《たた》き込まれるのをすぐ側《そば》で眺《なが》めていたとしか思えない。不思議な事はまだあって、先ほどまで棒を振っていた黒衣のユキとその手勢三名もいつしか姿を消している。トドメを刺《さ》す絶好の機会だというのに、いったいどこに消えたのか。

「大丈夫《だいじょうぶ》ですか?」

「……うう……つめたかったあ……」

イツキに池から上げられたミクルは、けほけほむせながら四つん這い。

「あんなところでいったい何をしていたのですか?」

イツキが問うが、ミクルは答えずにぼんやりと見返すことしばし、やっとセリフが出てきたようで、

「えっあっ……その。悪い人に池にそのう……。えーと」

ここでどこからか響《ひび》く声でも聞こえたのか、ミクルは「うっ」と呻《うめ》いて倒《たお》れ伏《ふ》した。

そう、ここは気絶しなければならないことになっている。

「しっかりしてください」

抱《だ》き起こそうとするイツキの腕の中で、ミクルはぐたりと身体《からだ》を弛緩《しかん》させた。

普通《ふつう》、こういう場面に出くわせばイツキのような役回りとなった人間は救急車を呼ぶか周囲の民家まで助けを呼びにいくかすると思うのだが、不届きにもイツキはミクルを背負うと、いずこへかと歩き出した。意識の失《う》せた美少女を貴様どこへ連れて行く気だこの野郎《やろう》と言ってもイツキの足取りには迷いがない。

強烈《きょうれつ》な命令電波によってリモートコントロールされているかのように潔《いさぎよ》く、イツキはミクルをどこかへ連れ去ろうとしていた。

どこへだ。


彼の自宅ということになってる家へであった。

細かい情景描写《びょうしゃ》は割愛《かつあい》するが、でかくて優美な日本的邸宅《ていたく》であることは間違いなく、純和風な広々としたイツキの自室にミクルは運び込まれる始末となった。

ここで注目すべきは、イツキがロングT一枚のミクルをお姫《ひめ》様抱っこしているという暴挙もさることながら、どう見てもミクルが風呂《ふろ》上がりとしか思えない風情《ふぜい》であることだ。

ところで気絶している人間が一人で入浴することが可能とは想像できないことから、と言うことは、ミクルはこのイカサマスマイル野郎の手によって身体を洗われた以外に何かあるだろうかという疑問が生じ、疑問はいささかの停滞《ていたい》も見せずに激怒《げきど》に変化して場合によっては容易に殺意へと転換《てんかん》するものであるわけで、今がまさにその時である。

イツキはユキに狙《ねら》われる心配よりも全校生徒の約半数から身を守ることを考えたほうがいい。

溺れて失神した少女を、意識がないのをしめたものと自室に連れ込んだだけでも犯罪に近いというのに、そのまま風呂にまで入れたとなるとこれはもう犯罪を超《こ》えて人間の根元的な罪悪の一種に数えられるに違いなく、そのような行為《こうい》を働いた人間いやイツキは一寸刻み生殺しの刑《けい》に処したところでどこからもクレームは付かないに違いない。誰かやって欲しいものだ。

さて、イツキはなぜか敷《し》いてあった布団《ふとん》にミクルを寝《ね》かせ、その側に陣取《じんど》ってあぐらをかいた。腕組みをして何かを考えているようである。賭《か》けてもいい。こいつは何も考えていない。

それを証拠《しょうこ》に、外なる声の指令に従い言いなりとなってミクルの顔ににじり寄っていくではないか。後一センチ接近したら登場する予定のないキャラが突如《とつじょ》としてフレームインし、古泉……イツキなる少年を蹴《け》り飛ばすところだったが、幸いにしてこの場に現れても不思議でない人物が制止をかけてくれた。

「待つがよい」

そう言いながら窓から身を乗り出している出来損《そこ》ないの死神見習《しにがみ》いみたいな少女は、長門ユキその人だった。言い忘れていたがここは二階である。それまでどこに待機していたのかと少々の疑問も残るが、そんなもん茶漬《ちゃづ》けの最後の一口のように飲み込んでしまうことを希望する。

死神モドキと言いつつ今は喪服《もふく》の天使程度に見えなくもないユキは、転げ落ちるように部屋へと侵入《しんにゅう》し、すっくと立ちはだかると、

「古泉イツキ。あなたは彼女を選ぶべきではない。あなたの力はわたしとともにあって初めて有効性を持つことになるのである」

淡々《たんたん》とした口調でそう言って、二十四時間平静継続《けいぞく》中の黒い瞳《ひとみ》をイツキに向ける。

イツキはイツキで、ユキが窓から現れたことには驚《おどろ》かないくせに、

「えっ。それはどういうことですか？」

言葉尻《ことばじり》だけを捉《とら》えて、深刻な顔つきをしたりしている。

「今は説明できない。しかしいずれ理解を得ることもあるだろう。あなたの選択肢《せんたくし》は二つある。わたしとともに宇宙をあるべき姿へと進行させるか、彼女に味方して未来の可能性を摘《つ》み取ることである」

記憶《きおく》によると、確か三割くらいはユキがアドリブで言っているセリフである。それ

は本当にイツキにのみ投げかけているセリフで合っているのか？

その長門の……ユキの言葉にどれほどの含蓄《がんちく》があるのかは判断保留するとして、イツキは難しい顔をして考え込む。

「なるほど。どっちにしても彼……いやこのシーンでは僕ですか、僕が鍵《かぎ》となっているのですね。そして鍵そのものには本当の効力はない。鍵はあくまで扉《とびら》を開ける効果しかないものです。その扉を開けたとき、何かが変わるのでしょう。おそらく、変わるのは……」

言いかけてイツキは言葉を句切り、なぜかカメラ目線で含みのある視線を送ってきた。こいつは誰《だれ》に向かって何を言っているつもりなのだろうか。

「それは解《わか》りましたよ、ユキさん。ですが今の僕には決定権はない。まだ結論を出すには早すぎると僕は考えます。保留って事で、今回は手を打ちませんか？　僕たちにはまだ考える時間が必要なんです。あなたたちがすべての真実を語ってくれるなら別かもしれませんが」

「その時は遠からず来るだろう。しかし今ではないことも確かだ。我々は情報の不足をなによりも瑕疵《かし》とする習慣がある。可能性の段階では、明確な行動は取ることができないのだ」

意味不明な会話であったが、イツキとユキの間には他人には理解不能な共通認識《にんしき》が芽生えたようだった。

ユキはゆっくりとうなずくと、ミクルの赤い顔をした寝姿《ねすがた》に一瞥《いちべつ》を与《あた》え、また窓によじのぼってポトリという感じで姿を消した。二階から落下したのではなく、ひさしに乗っただけなのであるがとりあえず姿は見えなくなった。

そしてまた、イツキは思案に暮れるような顔をして眠《ねむ》り続けるミクルを見つめ続けるのだった。

果たして目覚めたミクルは自分が置かれた状況《じょうきょう》を正しく認識し、狼狽《ろうばい》したり手近なものをイツキに投げつけたりするのだろうか。男と二人きりで、しかも自分は意識不明、着ているものはTシャツ一枚、何かされたと勘違《かんちが》いしてイツキに食ってかかる事態に発展しないとも限らない。ぜひそうなって欲しい。

そんな人々の期待を大いに引っ張りながら、ここでCM第二《だいに》弾《だん》、主演女優二人によるヤマツチモデルショップの店舗《てんぽ》プロモーションフィルムをご堪能《たんのう》ください。

…………。

そのCM明け、物語は起承転結で言うところの転部分に発展する。これまでのバトルチックな展開は影《かげ》を潜《ひそ》め、どんな意図が働いたのか一転してラブコメになってしまうのである。

ミクルはイッキの家に居候《いそうろう》することに決定され、以降は思わず悶絶《もんぜつ》したくなるような二人の煮《に》え切らない同居ストーリーへと転落した。その有様たるや、見ているこっちが恥《は》ずかしさのあまり卒倒《そっとう》するくらいの甘甘《あまあま》なシロモノであった。

イツキのためにいそいそと下手な料理を作るミクル、学校に出かけるイツキを玄関《げんかん》で見送るミクル、ひょんなことで指が触《ふ》れ合い大袈裟《おおげさ》なアクション付きで頬《ほお》を染めるミクル、掃除《そうじ》や洗濯《せんたく》に励《はげ》むミクル、帰宅したイツキを嬉《うれ》しそうに出迎《でむか》えるミクル……。

なんとかしてくれ、と叫《さけ》びたくもなろうと言うものだが、そんな叫びは誰の耳にも届かなかったようで結果としてなんともならず、イツキとミクルの純情恋愛《れんあい》模様が延々と繰《く》り広げられることになった。俺と代わってくれ、古泉。

ちなみに古泉イツキは妹と二人暮らし、という設定がいつの間にか出来ていたらしく、急遽《きゅうきょ》どこからか引っ張ってこられた小学五年生十歳、いや先月誕生日だったから十一歳の小娘《こむすめ》が意味なく画面上をフラフラしてはイツキとミクルにまとわりついていたりしており、物語そのものにまた一つ謎《なぞ》なシーンが刻まれた。妹を出す意味がどこにあったんだろう。

そうこうしているうちに、イツキを巡《めぐ》るミクルとユキのわけの解らない闘《たたか》いは、イツキの学校へと移り変わることとなった。

　なんと、ユキがイッキの高校に転校してきたのだ。どうしてこんなまどろっこしい話になるのかはさっぱり解らないが、黒衣を脱《ぬ》ぎ捨てたユキは正攻法《せいこうほう》よりも搦《から》め手《て》を使ってイッキを籠絡《ろうらく》することにしたらしく、ミクルそっちのけでイッキに迫《せま》るやり方もかなり奇策《きさく》を弄《ろう》したものとなった。下駄箱《げたばこ》にラブレターを入れることを手始めに、二人分の弁当持参で昼休みに押しかけたり、イッキが出てくるのを下校時間までじっと待っていたり、隠《かく》し撮《ど》りしたイッキの写真を財布《さいふ》に忍《しの》ばせたりと、イッキに対する精神攻撃《こうげき》を怠《おこた》らない。しかしそれらは奇策ではなく正道じゃないのか。

　無論のことだがミクルもまたユキへの対抗措置《たいこうそち》を発動させた。早い話、彼女もまた転校生となってイッキの高校へ乗り込むことにしたのだ。だったら物語の最初から潜《もぐ》り込んでいればいいじゃないか。ミクルの存在理由はイッキを守るためなのだから、はなっから同じ高校に通っていてもおかしくないというか、むしろそうしておくべきだろう。

　全然説明がないので不思議としか言いようがないことに、ミクルもユキも校内では裏付け不明のレーザー光線やビーム兵器などで戦うことはなかった。この時点になると、もはや二人の目的は「どちらが早くイッキの心を奪《うば》うことができるか」になっているとしか思えない。

物語は自身の行く先を完全に見失い、単なる一人の少年を軸《じく》とした二人の少女による恋《こい》のさや当て合戦の様相を呈《てい》していた。

もちろん圧倒《あっとう》的に不利なのはユキのほうだ。何と言ってもミクルにはイッキと同じ屋根の下で暮らしているというアドバンテージがあり、どこで暮らしているのかも解《わか》らないユキには決して踏《ふ》み越《こ》えることのできない高い壁《かべ》が匈奴《きょうど》の侵攻《しんこう》を阻《はば》む長城のようにそこに存在する。

このビハインドを挽回《ばんかい》すべく、ユキは秘策でもって打って出ることにした。

「…………」

「うわ、何ですか？」

ところかまわずイッキに抱《だ》きつき始めたのである。スキンシップによるイッキの精神的動揺《どうよう》を誘《さそ》う作戦であると思われるが、当のユキはあくまで無表情に行動するため、そこに情緒《じょうちょ》的な理由があるのかどうかは計りがたく、なんとなく不気味ですらあった。なんつったって行動と表情にまるで一貫《いっかん》性がないからな。

ミクルはそんな二人の姿を目にしてはジェラシーに苦しむという演技を見せることになっていたものの、傍目《はため》からはイッキがどうなってしまおうとどうでもいいような顔に見えなくもないのでイマイチ情感に欠けていた。

実は本当にイッキのことなんかどうでもいいのかもしれない。

実際問題、そろそろ全員揃《そろ》ってアップアップしている頃合《ころあ》いだったしさ。

そんな愉快《ゆかい》な学園シーンに飽《あ》きたのだろう、学校内での不戦協定を結んでいるらしいミクルとユキは、間欠的に本来の職分を取り戻《もど》す習性でもあるのか、ちょくちょく戦うウェイトレスとエイリアンマジシャンの扮装《ふんそう》に着替《きが》えると、小競《こぜ》り合いのようなショボい戦闘《せんとう》をそこかしこで繰り広げることになっていた。

どうも迷走《めいそう》の度合いは物語の進行とともに深く大きく拡大している模様である。

団地の裏庭で戦うミクルとユキ、＋ユキの使い魔猫《まねこ》シャミセン。

学校裏の竹林で火花を散らし合うミクルとユキ、＋シャミセン。

どことも知れない民家の玄関先《げんかんさき》で取っ組み合うミクルとユキ、それを退屈《たいくつ》そうに眺《なが》めているシャミセン。

イツキの家の居間をドタドタと駆《か》け回るミクルとユキ、それを見て笑っている妹と妹に抱かれたシャミセン。

などの、まるで挿入《そうにゅう》する必要のないシーンが割り込まれたかと思うと、また何事もなかったかのように学園三角関係が始まったりもして脱力《だつりょく》を誘《さそ》うのだった。

そのようにしてミクルとユキの間を右往左往するイツキであったが、そんな姿に様々なところから怨嗟《えんさ》の声が集中するのも当然である。それはもっぱら男子生徒の声をしているわけで、しかし物語を操《あやつ》る神のごとき超監督《ちょうかんとく》はそのような雑音などリング下に蹴《け》り落として頑《かたく》なまでに己《おのれ》の信念を貫《つらぬ》き続ける。

ストーリーはこの期《ご》に及《およ》んですら、まるでブレーキの存在を知らないチンパンジーが運転するレーシングゲームのように曲がり角のたびにクラッシュし、また一から直線運動を開始するがごときデタラメな展開を爆走《ばくそう》するのであった。

しかしながら、さしもの超監督も、ここまで御都合《ごつごう》主義と思いつきのみでやってきたのはいいとして、そろそろオチを付けなければいつまで経《た》っても終わりそうにないということに遅《おそ》まきながら気付いたようだ。

まさに今更《いまさら》であり、とっくに手遅《ておく》れになっている気がしてならない。

ともかく、これではラチがあかないと思ったのであろう、物語は登場人物たちが何をやっているのかよく解らないまま細切れになりつつも終着地点めがけての突進《とっしん》を余儀《よぎ》なくされた。

やにわに当初の目的を思い出したユキは、ミクルに最終決戦を申し込むことにしたのである。

ある朝、ミクルの下駄箱に投じられてた封筒《ふうとう》には、「ケリをつけよう」とプリンタが吐《は》き出したような明朝《みんちょう》文字の躍《おど》る便せんが入っていた。

だがしかし、何をどう考えてもユキが本気でミクルを討《う》ち滅《ほろ》ぼそうとしていたら、こんな告知をするまでもなく今まで何度となくその機会があったはずである。にもかかわらず、ユキは手をこまねくまま何もせず、ただの無表情キャラとして一般《いっぱん》的な高校生を演じたり、小競り合いに終始していたのだから宇宙人の考えることは解らない。こいつはいったい何がしたいのか。

何がしたいのか解らないのはミクルも同じで、ユキからの果たし状を受け取ったミクルは決意を秘《ひ》めた悲壮《ひそう》な顔つきとなって手紙を握《にぎ》りしめ、どこか遠くを見る目をしては「うん」と力強くうなずくのだった。何を理解してうなずいたのかは、何度も言うようだがさっぱり解らない。解っているのは画面に最後になっても登場しない誰《だれ》かさんだけだろう。

撮《と》ってる俺にだって理解不能だが、ありがたいことにこの世のあらゆる物事には終《しゅう》焉《えん》という宿命があらかじめ組み込まれており、人を永遠という名の無間《むけん》地獄《じごく》から救い出してくれていた。

そしてクライマックスが訪《おとず》れる。

ここで再び友情出演となった鶴屋さんは、ミクルが暗い顔をしているのを見咎《とが》めた。

「どしたのミクル。そんなオッサンのストーカーに困ってるような顔しちゃって。水虫の告知でも受けたのっ？」

教室の隅《すみ》っこでうずくまるミクルは、

「いよいよこの時が来たのです。あたしは最後の闘いに赴《おもむ》かないといけません」

「そいつはスゴイねっ。任せたよミクル！　地球をよろしくっ！」

鶴屋さんはあっけらかんと言って、しばらく顔をぴくぴくさせていたが、ついに堪《こら》えきれずゲラゲラ笑い始めた。

「……がんばります……」

ミクルはかろうじてマイクが拾えるくらいの小声で呟《つぶや》く。

ところでこんな疑問だらけの話にあらためて疑問を呈しても無駄《むだ》だとは思うが、ミクルと鶴屋さんはいつからの知り合いなのだろうか。鶴屋さんの初登場は池での操られシーンだが、そのときミクルと鶴屋さんは互《たが》いの名前を知っていたわけで、ということはミクルが転校してくる以前からの知り合いだった以外に考えられない。だとしたら、あの時のユキによる精神操作攻撃《こうげき》はもっと後に持ってくるべきだったのではないだろうか。少なくともミクルと鶴屋さんが友人であるという設定があってこそ映《は》える戦闘シーンだったろうし、それまでに二人が親しくしているような映像を入れていないのは、はっきり演出上のミスであると断言していい。

もちろん、やかましく喚《わめ》き立てる天の声は自身の無謬《むびゅう》性を何よりも確信しているので、そのような指摘《してき》に耳を貸すわけもなく、その都度脳内でフラッシュした映像を撮《さつ》影《えい》することに最大の熱意を捧《ささ》げて、本能が命じるままの行動はとどまるところを知らず、俺のような通常人類は心身ともに疲弊《ひへい》していくのだった。

てなわけで、決戦場は校舎の屋上であった。

黒い魔法《まほう》少女の衣装《いしょう》で待ち受けるユキは、肩《かた》にシャミセンを乗せて昼休みの屋上にぽつんと立ちつくしている。

待つこと数秒、屋上へ出《い》ずる扉《とびら》が開き、ウェイトレスコスチュームのミクルが姿を現した。

「ま、待たせましたか？」

「待った」

ユキは正直に答えた。事実、この時のミクルの着替えは女子トイレの個室でおこない、そのためだか知らないがけっこうな時間をふいにして、撮影スタッフの俺も待たされていたのだ。

「では」

正直なのはそこまでで、ユキは決められていたセリフを吐いた。

「これですべての決着をつけようではないか。我々にはあんまり時間が残されていないのだ。遅くとも、あと数分で終わりにしないといけない」

「それはあたしも同感ですが……。でもっ！　イッキくんはきっとあたしを選ぶと言ってくれます！　うう……恥《は》ずかしいですけど、あたしはそう信じます！」

「あいにくだが、わたしは彼の自由意志を尊重する気などない。彼の力はわたしに必要なものである。ゆえにいただく。そのためには地球の征服《せいふく》も厭《いと》わないのだ」

ではさっさと地球征服に乗り出して、しておいた上でイッキの身柄《みがら》を押さえてしまえばいいだろう。そしたら誰も抵抗《ていこう》しようもないし、ミクル一人ががんばったところで人類の多数決がイッキ引き渡《わた》しに動けば、いかな戦闘美少女でもその意見を覆《くつがえ》すのは難しいだろうに。

だいたい地球を征服する力があるのなら、イッキの一人くらい何とでもなったのではないだろうか。

「そうはさせません！　そのためにあたしは未来から来たのです！」

ああそうだった。ミクルは未来人ウェイトレスだっけ。しかしここまで未来から来たという設定がまるで生かされていないのもどうかと思うね。

ここでまた一通り、ミクルとユキの透過《とうか》光ぶつけ合い演舞《えんぶ》が繰《く》り広げられた。

「とりゃあ」とか「ほわらっ」とか言いながらビームやワイヤーやミサイルやマイクロブラックホールを目から出しているのがミクルで、一貫《いっかん》して無言のままスター棒を振《ふ》っているのがユキである。

ＣＧでは出せない味もある、という命令電波により屋上ではドラゴン花火や爆竹《ばくちく》が惜《お》しげもなく点火され、火花や爆音が申し分なく放出された。商店街の廃《すた》れた玩具店《おもちゃ》の倉庫から拠出《きょしゅつ》されたものであったが、ちゃんと火はついてチャチい火柱とうるさいだけの破裂《はれつ》音を立ち上らせたその結果、階下から教師が何人も駆《か》けつける次第《しだい》となって、俺たちはメッチャ怒《おこ》られた。

学校内で火遊びしてたらそりゃ指導を喰《く》らって当然だ。

俺の内申書に変なマイナスが施《ほどこ》されることになれば、その分は全部監督《かんとく》に回していただきたい。なんなら朝比奈さんや長門に古泉の分を加算しても、あいつなら楽勝でカバーできるだけの成績を維持《いじ》してのけることだろう。黙《だま》って座っているだけなら文句の付けようがない奴《やつ》だからな。

そんな撮影係の心の呟きを無視しつつ戦闘《せんとう》は続行される。

屋上からの撤収《てっしゅう》を要求する教師たちに向かって、この重要なシーンの撮影を妨害《ぼうがい》するようなことは校内における生徒の自由意志を迫害《はくがい》する学校側の横暴であり場合によっては告訴《こくそ》も辞さない、と監督が強硬《きょうこう》に主張したためである。

本当にやりそうで恐《こわ》い。

ともあれ、火を使うなという負け惜しみのような小言を残して数名の教師は屋上から引っ込み、入り口の扉口で観客化することとなった。見物人が増えた弊害《へいがい》として、ミクルはますます縮こまる。

そんなこんなで、ミクルはいよいよ窮地《きゅうち》に立たされることとなった。ミクルの放つ攻撃は何一つユキに通用せず、平気な顔で前進するユキから逃《に》げるように後ずさったミクルはついに屋上の鉄柵《てっさく》まで追いつめられた。

「安心するがいい。あなたの墓碑銘《ぼひめい》はわたしが刻んでやることにする。あの世ではせいぜい善行を積み、来世の糧《かて》とするがよいだろう」

ユキは棒を突《つ》きつけ、ミクルに別れの言葉を発した。

「では、さらばだ」

その途端《とたん》、スターリングなんだっけから途轍《とてつ》もない光源が生まれ、安っぽいフラッシュが幾度《いくど》か輝《かがや》いた。

「ひーえーっ」

頭を抱えて丸くなるミクル。

どういう攻撃なのかは理解不能だが、とにかくスゴイ技《わざ》ということになっている。一見ただ画面がチカチカしているだけ、しかしその攻撃力はミクル一人くらいなら跡《あと》形《かた》もなく原子分解させるほどの恐怖《きょうふ》の魔法なのだった。

ここで盛り上がらないと他《ほか》に盛り上がるところがないので一つよろしくお願いした

い。

「うひーっ。きょわーっ」

ひたすら悲鳴を上げ続けるミクルである。

この最初から最後まで役立たずなヒロインぶり、本来なら呆《あき》れ果てるところだが、でも可愛《かわい》いから全部許す。

しかし誰《だれ》が許したところで、このままではミクルは物語から退場することになってしまう。正義が悪に滅《ほろ》ぼされ、主義主張が勝敗を決める上での決定項目《こうもく》にはなったりしないという、権力があるもんの勝ち、みたいな現代社会を諷刺《ふうし》する一種の皮肉をテーマとしたストーリーで終わってしまうのだろうか。

「……！」

当然そうはならないのである。正義側に与《くみ》して最後まで生き残るべき登場人物は物語のオチが付く前にあっけなく消え去ったりはしない。見えざる神の手は悪を駆逐《くちく》するために降臨し、現実としてあり得ないほどのタイミングで主要キャラの窮地を救うことになっていた。監督の思い描《えが》いたシナリオではそうなっている。

この時ミクルを救うために飛び込んだ神の手は、言うまでもなく古泉イツキの姿をしていた。そりゃそうだ、他にいないもんな。何の伏線《ふくせん》もなく新キャラが出るには残り時間が少なすぎる。

すんでのところでイッキはミクルを身体《からだ》ごと引っ張り、ユキの攻撃をかわさせることに成功した。えらくゆっくり飛んでたんだな、ユキの魔法光は。

「だいじょうぶですか、朝比奈さん」

そう言いながらイッキはユキに相対して片手を差し出し、

「彼女を傷つけることは僕が許しません。ユキさん、どうかやめてください」

へたりこんだミクルの前に立ちはだかり、かばう姿勢のイッキに対し、ユキはしばらく考えるような仕草で肩の猫《ねこ》を見た。どうせ手に入らないのならイッキもミクル共々滅殺してしまおうと計算しているのだろうか。

が、答えを出したのは思わぬヤツであった。

「考えることはないだろう。この少年の意思を奪《うば》ってしまえばいいのだ。仄聞《そくぶん》したところ、キミにはそのような人間操作能力があるそうではないか。まず少年を操《あやつ》り人形としたうえで安全地帯に誘導《ゆうどう》したのち、この敵なる少女を滅ぼしてしまえばいいのだ」

シャミセンが喋《しゃべ》り、俺大慌《おおあわ》てである。あれほど喋るなと言っておいたのに、なんてことをしてくれたのか。今晩はエサ抜《ぬ》きだ。

「わかった」

一人冷静なユキが星マークの先でシャミセンの額をコツンと叩《たた》いて、猫はその口を閉《と》ざした。それからユキは誰に言うでもなく、

「今の は腹話術」

と断ってから、スターなんとか棒を振り上げる。

「くらうがよい。古泉イツキ。あなたの意思はわたしの思うがままになるであろう」

チープなSEを発して、星マークから稲妻光《いなずま》が放射された。


語らなくてもバレバレだとは思うが、いちおうラストバトルの趨勢《すうせい》をお伝えしておこう。

早い話が、ここでイツキのポテンシャルパワーが発揮されたのである。絶体絶命の局面に陥《おちい》ったイッキは、自分でも意識していなかった秘密の力を覚醒《かくせい》させ、惜しみなく潜在《せんざい》能力を解放させたのだ。その手の能力はしばしばコントロール不能なことが多いのでこの場合も同じであり、イツキの放ったおそらくエモーショナルな部分を源泉とする理屈《りくつ》不明の秘密の力は、ユキの攻撃《こうげき》を跳《は》ね返し、最大ゲージで黒衣の宇宙人を襲《おそ》った。

「…………無念」

「にゃあ」

という感じのセリフを残し、ミステリアスなユキとシャミセンのコンビは、そのまま大宇宙の彼方《かなた》へと吹《ふ》き飛ばされた。いやにあっけない断末魔《だんまつま》であった。

ユキとシャミセンの最期《さいご》を見届けたイッキは、

「終わりましたよ、朝比奈さん」

優《やさ》しげな声を投げかける。

ミクルは恐《おそ》る恐る顔を上げ、まぶしいものを見つめる目でイッキを見た。

イッキはミクルの身体に手を回して立たせてやると、屋上の鉄柵に手を掛《か》けて空を見上げた。つられたようにミクルも遠くの雲へ視線を注ぎ、カメラもまた青空に向けられた。

どうもシーンの繋《つな》がりに困ると空を映してごまかそうというのが見え見えだな。

というわけでようやくラストシーンへと場面は転換《てんかん》する。

秋なのに桜が満開となった並木道を、ミクルとイッキが寄り添《そ》い合って歩いている。

ウェイトレス衣装《いしょう》と学生ブレザーのカップルで、お似合いなのがかえってムカつく。

都合のいいことに、ここで不意なる強い風が吹きすさんで舞《ま》い散った桜の花びらが渦《うず》を巻いた。こればかりは天然の演出だった。

ミクルの髪《かみ》に降りた桜色の花弁を、イッキが微笑《ほほえ》みながら取ってやる。ミクルは照れくさそうに目の下を赤く染めて、ゆっくりと目を閉じていく。

カメラはそんな二人の姿から唐突《とうとつ》に焦点《しょうてん》を外し、いきなり向きを変えると青い秋晴れの空を映し出した。しかしまた空か。

適当にパクってきたエンディングテーマがイントロを奏《かな》で始め、スタッフロールが流れ出す。

最後の最後に別撮《べつど》りした天の声のナレーションが入り、こうしてSOS団プレゼンツ、『朝比奈ミクルの冒険《ぼうけん》　エピソード00』は物語を徹底《てってい》的に混迷《こんめい》させたままのエンディングを迎《むか》えた。

こうも最初から最後までグダグダにしてしまった映画もそうそうあったもんではないだろうし、第一こんなもんを映画などと言ってしまっては真面目《まじめ》に映画作りを志している人々に失礼だと思うのだが、どうしたことか興行的には成功したらしい。当初、映画研究部作品との二本立てで上映されていたこの映画は、やがて映研作品を押しのけて堂々と視聴覚《しちようかく》教室のプロジェクターを独占《どくせん》することになってしまった。観衆の声がそう要求したからのようだが、そこに天の声も混じっていたというのも大きかったようだ。ほとんど朝比奈さん人気だろうが。

気の毒な映研作品は、視聴覚準備室で細々と上映されることになったという話である。

入場料を取っているわけではないので誰が儲《もう》かることもないのだが、この結果論的な成功に気をよくした監督《かんとく》兼《けん》プロデューサーは、すっかり鼻高々となって続編の製作を立案し、さらに『朝比奈ミクルの冒険 ディレクターズカットバージョン』を新たに編集した上で、DVDに焼き直して売りさばこう、などとも主張しており、現在俺と涙目《なみだめ》の朝比奈さんとで必死に止めようとしているところだ。

今はただ、来年の文化祭までに我らが団長の興味が映画以外の何かにアンテナを向けていることを切に祈《いの》る次第《しだい》である。

何をやろうと言い出そうが、どれだって同じような末路が待ちかまえているだけかもしれないし、まあ、それもこれもそん時までにSOS団がまだここにあったらの話だ。

……あるのだろうか？

今度、未来人に訊《き》いておこう。それが禁則事項《じこう》に該当《がいとう》しないことを願いつつ、俺はそう決意するのだった。

ヒトメボレLOVER

人騒《ひとさわ》がせな一本の電話が始まりの合図だった。

毎年のことだが過ぎるや否《いな》やあっという間に終息するクリスマスムードは今や余韻《よいん》すらなく、年明けへのカウントダウンが刻一刻と迫《せま》り来るものの、またハルヒが何かをやらかすつもりらしいハッピーニューイヤーにはそれなりの猶予《ゆうよ》がある冬休みのことである。

その時、俺は年内に終えておかなければならない自宅の大掃除《おおそうじ》をひたすら先送りしつつ、部屋でシャミセンと格闘《かくとう》しているところだった。

「暴れるな。じっとしてろ。すぐすむから」

「にゃる」

抗議《こうぎ》声明を発するのも無視し、俺はすっかり冬毛に生《は》え替《か》わってふかふかしている小さな肉食獣《じゅうこ》を小脇《わき》に抱《かか》える。

いたく気に入っていたGジャンを無惨《むざん》なボロ布に変えてくれて以来、人並みの物覚えを持つ俺はそれを教訓として定期的にシャミセンの爪《つめ》を切ってやることにしているのだが、シャミセンのほうも猫《ねこ》並みの物覚えを持っているらしく、俺が爪切り片手ににじり寄ろうとすると素早《すばや》く逃《に》げ出そうとしやがる。

とっつかまえてからがまた一苦労で、殴《なぐ》る蹴《け》る噛《か》むなどの抵抗《ていこう》を企《くわだ》てる三毛猫を押さえつけ、ムリヤリ出させた四本の足の爪をすべて適度な長さに切り終える頃《ころ》には俺の両手に無数の歯形が残されることになるのだが、肉体の傷とは違ってGジャンの刺《し》繍《しゅう》は元《もと》に戻ってくれたりはしないので気分が晴れたりもしない。まったく、異様に聞き分けのよかったお喋《しゃべ》り猫状態が懐《なつ》かしい。あの時の素直なお前はどこに行ったんだ？

まあ、もう一度喋り出すようなことがあったら、それはそれでよくないことの前兆だろうから、猫は猫猫《ねこねこ》しく「にゃあ」とでも鳴いているのが筋にあっているとも言えるが。

俺がシャミセンの右前足の爪切りを終え、今度は左前足に移ろうとしていると、

「キョンくんー、電話ー」

部屋の扉《とびら》を勝手に開き、妹がやって来た。片手にコードレスホンの子機を握《にぎ》りしめ、俺とシャミセンの人類と猫属の尊厳と威信《いしん》をかけた抗争《こうそう》を見てニパッと笑う。

「あ、シャミー。爪切ってもらってんの？　あたしがする」

シャミセンは迷惑《めいわく》そうに目を逸《そ》らし、人間そっくりの鼻息を漏《も》らした。一度だけ妹に任せてやったことがある。俺が足を押さえる係で妹が切る係という役割分担だった

が、この小学五年生十一歳には遠慮《えんりょ》とネイルカットのセンスがまるっきり欠けていたらしく、あまりの深爪にその後しばらくシャミセンがハンストを起こしたくらいだった。それに比べりゃ俺のほうが格段にマシだと思うのに、毎回暴れ倒《たお》すのはやはり猫の額の中身は猫程度といったところか。

「誰からだ？」

爪切りと引き替えに受話器を受け取る。それを見たシャミセンがここぞとばかりに身体《からだ》をねじり、俺の膝《ひざ》を蹴って部屋から逃げ出していった。

妹は嬉《うれ》しそうに爪切りを握りながら、

「えーとね、知らない男の人。でもキョンくんの友達だって」

それだけ言うとシャミセンを追って廊下《ろうか》に消えた。俺は電話に目を落とす。さて誰だろう。男と言うからにはハルヒや朝比奈さんではないし、古泉なら妹も知っているはずだ。谷口や国木田他《ほか》の友人連中だって家のじゃなく携帯《けいたい》を鳴らす。くだらんアンケートやキャッチセールスなら承知せんぞ、と思いながら俺は保留ボタンを押した。

「もしもし」

『おお、キョンか。俺だ。久しぶりだな』

野太い声が第一声を放ち、俺は眉《まゆ》をひそめた。

誰だ、こいつ？　お世辞にも聞き覚えがあるとは言えない声だが。

『俺だよ俺。中学んときに同じクラスだっただろう？　もう忘れたのか。俺はこの半年、ずっとお前のことを思い出しては溜息《ためいき》をついていたのに』

何を薄気味《うすきみ》悪《わる》いことを言いやがる。

「名を名乗れ。お前は誰だ？」

『中河《なかがわ》だ。一年前までの同級生くらい覚えておいてくれてもいいじゃないか。別の高校に行った元クラスメイトなど記憶《きおく》にも値《あたい》しないか？　ヒドいヤツだ』

本当に悲しんでいるような声である。だがな。

「そうじゃない」

俺は記憶の蓋《ふた》を開けて中三時の自分史を瞬間《しゅんかん》的に回想した。中河ね。確かにそんなヤツもいた。えらくガタイのいい長身で、相応の肩幅《かたはば》もある体育会系の男だった。ラグビー部かなんかにいたような気がする。

しかし、と俺は電話を見つめ直した。

同じクラスになったのは三年の時だけで、しかもそんなに親しくしてはいなかった。なんとなく教室でも所属するグループが違《ちが》うってやつだ。顔をあわせたら「おう」とか「やあ」とかはそりゃ言ってたが、毎日のように会話してたかどうかと言えば明確に否だった。卒業して以降、中河の顔も名前も思い出すことはさっぱりなかったな。

俺は床《ゆか》に落ちていたシャミセンの爪を拾い上げながら、

「中河か、中河ね。久しぶりっちゃあ久しぶりだな。よう、どうしてた？　確かどっかの男子校に行ったんだよな？　で、何でまた俺に電話してきたんだ？　同窓会の幹事にでもなったのか」

『幹事なら市立に行った須藤《すどう》だが、そんなことはどうでもいい。俺はお前に用があって電話したんだ。いいか？　俺は真剣《しんけん》なのだ』

いきなり電話してきといて何に真剣だと言うんだ。やにわにそんなこと言われてもこっちには話が見えねえが。

『キョン、真面目《まじめ》に聞いてくれ。お前にしか言えないことがある。俺にとってお前が唯一《ゆいいつ》の命綱《いのちづな》なんだ』

大げさだな。まあいい。用件を聞かせてもらおうか。それほど仲良くもなく中学出てから疎遠《そえん》だった元同級生に電話してくるほどの用事とやらを。

『愛しているんだ』

「…………」

『俺は本気だ。真面目に悩《なや》んでいる。ここ半年、寝《ね》ても覚めてもそればかり考えているのだ』

「…………」

『あまりの思いの大きさにほとんど何一つ手につかなかったくらいだ。いや、そうじゃない。何とか己《おのれ》に打ち勝とうと勉強にも部活にも打ち込んだ。おかげで成績も上がったし部活では一年目にしてレギュラーになれた』

「…………」

『それもこれも愛するがゆえなのだ。解《わか》るかキョン？ この俺の煩悶《はんもん》する胸の内を。中学のクラス名簿《めいぼ》をめくってお前んちの電話番号を探し、いざ電話しようとして何度躊躇《ちゅうちょ》したことか。今でも俺の身体は小刻みに震《ふる》えている。愛だ。強大な愛の力によって俺はお前に電話をかけている。解ってくれ』

「いやあ、中河……」

俺は乾《かわ》ききった唇《くちびる》を舐《な》めた。一筋の冷や汗《あせ》がこめかみをつたう。やべえぞ、こいつは。

「……すまないが、お前の愛とやらは俺には重すぎるな……。マジですまんとしか言いようがない。残念だがお前に応答する言葉を俺は持ってねえ」

背筋が凍《こお》るとはこのことだ。言っておくが俺は超《ちょう》完全にオーソドックスなヘテロタイプである。アッチ系の趣味《しゅみ》はハチドリの体重ほどもない、というかあってたまるか。潜在的《せんざい》にも無意識的にも俺はヘテロなんだ。ほら、なんだ、そう！ 朝比奈さんの顔と姿を思い浮《う》かべて身体がぽかぽかしてくるしな。これが古泉だと殴りたいだけだ。

つーこって俺はバイでもないってことだ。な？　な？誰《だれ》に語りかけているのか解らないようなことを思い浮かべつつ、俺は受話器に向かって言った。

「というわけでだな、中河。お前との友情は継続《けいぞく》してもいいが……」

もともと友情と呼べるほどのものもなかったと思うが。

「愛情のほうはどうしようもない。悪い。それじゃあな。お前はお前で通う男子校で

よろしくやってくれ。俺は北高でスクールライフを適当に楽しむ。久しぶりに声が聞

けて嬉しかったよ。同窓会で会ったら素知らぬ態度を貫《つらぬ》き通すから安心しろ。誰にも

言いやしない。そいじゃ……」

『待て、キョン』

中河はいぶかしげな声で、

『何言ってんだ。勘違《かんちが》いするな。俺はお前なんか愛しちゃいないぞ。何を勝手に思い

違いをしてるんだ。気味の悪いヤツだな』

さっきの「愛しているんだ」ってのは何だよ。誰に向けた言葉だ。

『実は名前は解らない。北高の女子生徒であることは解っているんだが……』

こいつの言っている事情が俺にだってまだよく解らんが、しかし少しはホッとする。

最前線の塹壕《ざんごう》の中で休戦協定締結《ていけつ》を知らされた下っ端《ぱ》兵士のような安堵感《あんどかん》だ。男の知

り合いからの告白なんてのがマジだったら、それは恐怖《きょうふ》以外のなにものでもないね。俺のケースではな。

「もっと解るように話してくれ。誰を愛しちまったんだって？」

紛《まぎ》らわしいにもほどがある。もう少しで逃亡《とうぼう》先のリストアップに入るところだった。だいたいな、高一の分際で真面目に愛を語ろうなんざ、それこそ頭がイッちまっていると言うべきだろう。口に出すのも恥《は》ずかしいね。愛だって？

『今年の春……五月頃《ごろ》だ』

と、中河は勝手に語り始めた。どことなく陶酔《とうすい》しているような口調である。

『その人はお前と一緒《いっしょ》に歩いていた。目を閉じれば蘇《よみがえ》る。ああ……その姿のなんと可《か》憐《れん》で美麗《びれい》なことだっただろう。それだけではない。俺はその人の背後に後光が差しているのが見えた。錯覚《さっかく》ではない。そう、それはまるで天国から地上に差し込む光のようだった……』

陶酔の声はなにやらケミカル系のドラッグでもやってんのかというような危ない響《ひび》きを持ち始めていた。

『俺は圧倒《あっとう》された。今までの人生で感じたことのない感覚だった。まるで電流が走り抜《ぬ》けたように……いや！　特大の雷《かみなり》に打たれたかのように俺は立ちつくした。何時間もそうしていたらしい。らしいというのは時間の感覚がまったくなかったからだ。気がつけば夜になっていた。そして思ったのだ。これが愛なのだと』

「ちょっと待てよ」

アンドロメダ病源体患者《かんじゃ》の寝言《ねごと》みたいな中河のセリフを整理してみよう。それによると、五月に俺と誰かが連れ立って歩いていて、そいで中河はその誰かを見て愕然《がくぜん》とした。誰かとは北高の女子で……って、そうすると候補は何人も挙がらないな。今年の春に俺が街中を一緒に歩いていた女子なんて、我ながら言うのも何だがそんなに多くない。北高限定なら妹も除外できるからSOS団女子三人のうち誰かに決まっている。

と、いうことは……。

『運命の出会いだった』

中河はますます酔《よ》いしれた声色《こわいろ》で、

『いいかキョン。俺は一目惚《ひとめぼ》れなどというオカルトみたいなもんを信じてはいなかった。自分ではバリバリの唯物《ゆいぶつ》主義者だったつもりだ。しかしそんな俺の蒙《もう》を啓《ひら》いてあまりあることが発生したのだ。一目惚れはある。あるんだよ、キョン』

なんで俺がお前にそんな言い聞かせられるようなことを言われねばならんのだ。一目惚れだと？　外面《そとづら》に騙《だま》くらかされているだけじゃねえのか。

『いいや、違う』

いやにキッパリと断言しやがるな。

『俺は顔やボディラインなんかに騙されたりしない。あくまで重要なのは内面だ。俺は彼女の内面を一目で見抜いたのだ。一目で充分《じゅうぶん》だった。あの強烈《きょうれつ》なインパクトは何にも代え難《がた》いものだった。言葉で言い表せないのが残念だ。とにかく俺は恋《こい》に落ちた。いや、墜《お》ちた。今ではどこまでも墜ちていきたい気分だ……。解《わか》るか、キョン？』

それこそこっちが「いいや」だな。

「まあ、それはいいが」

俺はいつまでも続きそうな中河の譫言《うわごと》に終止符《しゅうしふ》を打つことにした。

「お前が衝撃《しょうげき》だか何だかを受けたのは五月のことなんだよな？　ところで今はもう冬だ。とっくに半年以上が経《た》ってるが、その間お前は何をしてたんだ？」

『ああ、キョン。それを言われると俺もツライのだ。この半年間は俺にとって苦行そのものだった。精神の休まるときがなかった。ずっと迷い続けていたのだ。いったい俺のどこに彼女にふさわしい部分があるのだろうかと、そればかりを考えていた。正直言うとな、キョン。彼女のそばにお前がいたことを思い出したのはごく最近なのだ。思い出したからこそこうして名簿を引っ張り出して電話をしているのだからな。それほど彼女は光《ひか》り輝《かがや》いていた。こんな思いをしたのは人生において他《ほか》にない』

名前も知らない女をパッと見ただけでコロリといかれ、そのまま半年以上も一人でうなっているだけとは恐《おそ》れ入るね。

俺は朝比奈さん、ハルヒ、長門の順に顔を思い浮かべながら核心《かくしん》に触《ふ》れることにした。実を言うとそろそろ電話を切りたく思っていたが、この中河の話しぶりではいくらガチャ切りしても何度でもリダイヤルしかねない勢いだ。

「お前が惚れたという女の人相風体《ふうてい》を教えろ」

中河はしばらく押し黙《だま》ってから、

『髪《かみ》は短かった』

思い出しつつ話すようにゆっくりと、

『眼鏡《めがね》をかけていた』

ほう。

『北高のセーラー服がとてつもなく似合っていた』

ううむ。

『そして、光り輝くようなオーラをまとっていた』

それはよく解らない。しかし、

「長門か」

これは意外だった。てっきりハルヒか朝比奈さんのどちらかだろうと思っていたのに、よりによって長門とはな。さすが谷口が目をつけたAマイナーだけのことはある。

俺なんか初対面時には無口で風変わりな部室のアンティークドールくらいにしか思っていなかったのに、さすが目ざといヤツはどこにでもいるようだ。今は違うぜ、俺の長門に対する印象はこの半年間で大きく様変わりしている。

『ナガトさんと言うのか』

中河の声は妙《みょう》に弾《はず》んでいた。

『どんな字を書くのだ？　ぜひフルネームを教えてくれ』

長門有希。戦艦《せんかん》長門の長門に、有機物の有、希望の希だ。そう言ってやると、

『……いい名前だ。雄大《ゆうだい》なイメージを思わせる長門型に、希《のぞ》みが有ると書いて有希か……。長門有希さん……。まさに思った通りの清澄《せいちょう》で未来の可能性に満ちあふれた姓《せい》名《めい》だ。凡庸《ぼんよう》でもなく、かといって突飛《とっぴ》すぎてもいない。俺のイメージ通りじゃないか』

どんなイメージだ。一目見ただけで構築した独りよがりな妄想《もうそう》だろう。そういや内面がどうしたとか言っていたが、一目惚れのどこに内面が関係するんだ。

『俺には解ったのだ』

いやに自信に満ちた断言である。

『これは妄想なんかじゃない。確信なんだ。外見や性格なんかどうでもいいんだ。知性であり理知なのだ。俺は彼女に見た。大いなる神のごとき理性をだ。あれほどハイブロウな女性に人生で二度と巡《めぐ》り合うことはないだろう』

あとでハイブロウを辞書で引こうと考えながら、俺の首のヒネリはまだ取れない。

「だから、どうしてパッと見でそんな高尚《こうしょう》なことが解ったんだよ？　一言も口きいてないし遠目から見ただけなんだろ？」

『解ってしまったのだからしかたがないだろう！』

何で俺が叫《さけ》ばれなきゃならん。

『俺は神に感謝している。それまで無宗教だった自分を恥じているほどだ。とりあえず近所の神社に毎週の参拝を欠かさないようにして、たまに教会で懺悔《ざんげ》もしているぞ。それもカトリックとプロテスタントの両方だ』

それじゃかえって不信心者だぜ。拝めばいいというものではないんだ。信じる神は一柱にしておけ。

『それもそうだな』

中河は普通《ふつう》に答え、

『ありがとうキョン。おかげで決心がついた。俺が信じるのはただ一人の女神《めがみ》でいい。長門有希さんがまさにそれだ。彼女を俺の女神として、終生違《たが》わぬ愛の誓《ちか》いを——』

「中河」

戯《ざ》れ言《ごと》がいつまでも続きそうだったので俺はヤツの言葉を遮断《しゃだん》した。気味の悪さもさることながら、なんだか妙にイライラしてきたからである。

「だから何なんだ。お前が電話してきた理由は解《わか》ったさ。それで？　そんな告白を俺に聞かせてどうしようってんだ」

『伝言を頼《たの》みたい』

と、中河。

『長門さんに俺の言葉を伝えて欲しいのだ。頼む。お前しか頼《たよ》りにならない。彼女と並んで歩いていたお前だ。少しは彼女と親しいのだろう？』

親しいといえば親しいさ。同じＳＯＳ団の団員で今や仲良くハルヒの衛星群と化しているからな。それにこいつに見られた俺と長門の姿、五月で眼鏡で制服だって言ってたか。なるほどアレだ。第一回ＳＯＳ団パトロールで俺と長門が図書館に行った時だろう。やたらと懐《なつ》かしい思い出だが、あの時に比べたら今の俺は長門のことを百倍以上もよく知っている。知り過ぎちまったかと反省しているくらいだぜ。

若干《じゃっかん》のしみじみした気分を味わいながら、俺は中河に尋《たず》ねた。

「ところでお前、俺が長門と歩いてるのを思い出しといて——」

ちょっと言いにくいが、

「ええとだな、俺とあいつがただ親しいだけだとしか思わなかったのか？　たとえば、何だ、俺と長門が付き合っているとかさ」

『まったく思わん』

中河は一片《いっぺん》の躊躇《ちゅうちょ》もなく、

『お前はもっと変な女が好きだったはずだ。中三の時の……何と言ったか忘れたが、あの奇妙《きみょう》な女とは続いていないのか？』

長門を指して変じゃないというのも違和感《いわかん》ありありだが、それよりこいつは何を勘《かん》違《ちが》いしているんだ。そういや国木田も誤解しているようだったが、あいつとはただの友達で、よく考えたら中学を卒業して以来会ってない。しばらくぶりに思い出した。年賀状くらいは書いといたほうがいいかな……。

なぜか墓穴《ぼけつ》を掘《ほ》ってる気分になってきたので、話を変えることにする。

「で、何て伝えるんだ？　デートの誘《さそ》いか？　それとも長門の電話番号を教えたほうがいいか？」

『いや』

中河の返事は重々しい。

『現時点の俺は長門さんの前におめおめと顔を出せるほどの何者でもない。まったくもって不釣《つ》り合いだ。だから、』

一拍《いっぱく》の間があって、

『待っていて欲しい……と、伝えてくれ』

「何を待つって？」と俺。

『俺が迎《むか》えにいくのを、だ。いいか？　俺は現在のところ、何の社会性もない一介《いっかい》の高校生に過ぎない』

そうだろうとも。俺だってそうさ。

『それではダメなんだ。聞いてくれ、キョン。俺はこれから猛《もう》勉強を開始する。いや実際もうしているのだが、そうやって現役《げんえき》で国公立大のどこかに入る』

目標を高く持つのはいいことだ。

『志望は経済学部だ。そこでも俺は勉学に打ち込み、卒業時には第一席を獲得《かくとく》する。そして就職先だが、あえて国家公務員総合職や超《ちょう》一流企業《きぎょう》ではなく中堅《ちゅうけん》どころの会社に職を得ようと思っている』

よくもまあそこまでリアルなのか絵空事なのか解らん青写真を描《えが》けるものだ。この会話を鬼《おに》が聞いていれば笑いすぎで腹膜炎《ふくまくえん》を起こすかもしれない。

『だが俺はいつまでもプロレタリアートの地位に甘んじるわけではない。三年……いや二年であらゆるノウハウを吸収し、独立開業するつもりだ』

止めやしないので存分にやってくれ。もしそん時に俺が路頭に迷ってたら雇《やと》って欲しいね。

『そうやって自分の興《おこ》した会社が軌道《きどう》に乗るまで五年……いや三年で何とかする。その頃《ころ》には東証二部に上場も果たし、年度ごとに最低十パーセントは利益を上げていく計画だ。それも粗利《あらり》でだぞ』

だんだんついていけなくなってきた。しかし中河は調子よく、

『その頃には俺も一息つけるようになっているだろう。そこで、ようやく準備が整ったというわけなのだ』

「何の準備だ？」

『長門さんを迎えに行く準備が、だ』

俺は深海に住む二枚貝の仲間のように沈黙《ちんもく》し、中河のセリフは大シケの波のように押し寄せる。

『高校を卒業するのに後二年、大学卒業までに四年、就職してからの修行《しゅぎょう》期間が二年で開業から上場までが三年、合計して十一年だ。いや、キリのいいところで十年でい い。その十年間で俺は一人前となり――』

「アホかお前は」

と俺が言うのも解《わか》ってもらえると思う。どこのどいつが十年もおとなしく待っていたりする？　おまけに会ったこともない男をだ。突然誰《とつぜんだれ》とも知らない野郎《やろう》から十年でいいから俺の迎えを待っていてくれと言われて、そのままじっとしているヤツがいたらそいつは人間以外の何かだ。そしてもっと悪いことに長門は人間以外の何かなのである。

俺は小さく舌を打った。

『俺は本気だ』

マズいことに本気の声をしている。

『命をかけてもいい。真剣《しんけん》だ』

声に切れ味があるのだとしたら電線があちこち断線しているような声である。

どうやってごまかそう？

「あー、中河」

俺はひっそりと本を読んでいる長門の線の細い姿を思い浮《う》かべながら、

「これは俺の私見だが、長門は裏ではけっこうモテる女だ。引き合いが多くて困るほどだぜ。お前の女を見る目がなかなかの慧眼《けいがん》なのは誉《ほ》めてやってもいい。だが、十年も長門がフリーでいる可能性はほとんどゼロだ」

デマカセだけどな。十年後のことなんざ俺にだって解るものか。俺自身の進路だって不明確なのにさ。

「それにそんな重要なことなら長門に直接言えよ。気が進まんが、手引きしてやってもいい。ちょうど冬休みだし、一時間くらいならあいつも時間を空けてくれるだろうし」

『それはダメだ』

中河は不意に小声となって、

『今の俺ではダメなんだ。きっと長門さんの顔を見るなり卒倒《そっとう》してしまうだろう。実は最近も遠くから見たことはあるんだ。駅近くのスーパーマーケットで偶然《ぐうぜん》な……。夕方だったんだが、その後ろ姿を一瞬《いっしゅん》捉《とら》えただけで、俺はそのまま閉店まで店内に立ちつくしていた。直接顔を合わすなんて……とんでもないことだ！』

いかん、中河は完全に脳が桃色《ももいろ》になる病気にかかっている。将来設計まで完了《かんりょう》する始末だから相当の重篤《じゅうとく》である。手の施《ほどこ》しようがあればいいんだが、切った張ったの騒《さわ》ぎに巻き込まれた日にはゴメンと謝って遁走《とんそう》するしか手だてがない。

しかもこんなアホなことを親しいとも言えない俺に電話してきて声高らかに叫《さけ》び出すようなヤツだ、次に何を言い出すか解らんのが恐《おそ》ろしい。そんなヤツはハルヒ一人でも手に余ってんのに、長門も罪作りなことをしてくれるよな。

やれやれ。俺は中河に聞かせるつもりで溜息《ためいき》をつき、

「いちおうは解ったよ。長門に何て伝えればいいのか、もう一度教えてくれ」

『ありがとう、キョン』

中河はいかにも感動したように、

『結婚《けっこん》式には必ずお前を呼ぶ。スピーチも頼《たの》む。それも一番手でだ。一生お前のことは忘れない。もしその気があるのなら、俺が将来立ち上げる会社で相応のポストを用

意して迎えようじゃないか』
「いいから早く言え」
気が早いにもほどがある中河の声を聞きながら、俺は肩《かた》に受話器を引っかけて白紙のルーズリーフを探し始めた。

翌日の昼過ぎ、俺は北高へ至る坂道を黙々《もくもく》と上っていた。標高が上がるごとに吐《は》く息の白さも際《きわ》だち、しかし冬休みだってのに何で学校に向かっているのかというと、SOS団の全体ミーティングは定期的に開催《かいさい》されるからである。

ついでに今日は部室の大掃除《おおそうじ》も兼《か》ねていた。メイドな朝比奈さんがまめに清掃しているとは言え、エントロピーは増大するという格言に従って部室には雑多なものがどんどん運び込まれては秩序《ちつじょ》を乱し、そんなカオスの元凶《げんきょう》になっているものこそ、目についた物を何でもかっぱらってくるハルヒ、次々と新しいボードゲームを運び込む古泉《じん》、分厚い本を矢継《やつ》ぎ早に読破してしまう長門、日々完璧《かんぺき》なお茶くみ係になるべく精進《しょう》を続ける朝比奈さん——なんと俺以外の全員だ。そりゃ放《ほう》っておけば散らかり放題になるよ。そろそろ余計な備品を各自の自宅に持って帰るよう提言する頃合《ころあ》いだろう。

最低限、朝比奈さんのコスプレ衣装《いしょう》だけは何としても保全するとして。

「あー、うっとうしい」

足取りが軽《かろ》やかであらざるのは言うまでもなく、ブレザーのポケットに余計な紙切れが入っているからだった。

中河の長門へ向けた愛の言葉を言われるがままに羅列《られつ》した口述筆記。バカバカしくて何度シャーペンを放り出そうとしたことか。こんなこっ恥《ぱ》ずかしいことをてらいもなく言える男はベテランの結婚詐欺師《さぎし》にもいないだろう。何が十年待ってくれだ。コントか。

山颪《やまおろし》に向かって歩くうち、お馴染《なじ》みの校舎が見えてきた。


俺が部室棟《とう》に辿《たど》り着いたのは、ハルヒが設定した集合時間の一時間前だった。最後に来た人間が全員に奢《おご》るというSOS団ルールを恐《おそ》れてのことではない。適用されるのは学外での待ち合わせだからな。

昨日の電話の最後に中河は、

『書いた文章を渡《わた》すだけではダメだ、それではただの代筆だ。また読んでくれるかどうかも解らない。彼女の前でお前が読み上げてくれ、さっき俺が語ったのと同じ熱意を込めて……！』

などという無茶な要求をした。俺にはヤツの言うとおりにする謂《い》われも純朴《じゅんぼく》さもないが、あれだけ懇願《こんがん》されては元々が性善説の信奉《しんぽう》者である俺のこと、ほんの少しだが情にほだされないわけでもない。それにはその場に長門以外の誰《だれ》もいないというシチュエーションが必要だった。一時間も前に来たら、さすがに長門以外のメンツはまだ来ていないに違《ちが》いなく、長門は間違いなくそこにいる。必要なときにそこにいなかったためしのない宇宙人製アンドロイド、それが俺の知っている長門有希であるから。

形ばかりのノックの後、沈黙が答えとして返ってきたのを確認《かくにん》してから扉《とびら》を開く。

「よっ」

不自然に軽快な挨拶《あいさつ》だったかな？　と自分にダメだししながら、もう一度、

「よう長門。いてくれると思ったぜ」

静謐《せいひつ》な真冬の空気が部室を満たす中、長門は体温を感じさせない等身大フィギュアのようにひっそりと席につき、病名みたいなタイトルのハードカバーを広げて読んでいた。

「…………」

表情のない顔が俺を向き、片手がこめかみに触《ふ》れるように上がって、またすぐに下りた。

まるで眼鏡《めがね》を押さえるような仕草だったが今の長門は裸眼《らがん》であり、眼鏡なしのほう

がいいと言ったのは俺で実行し続けているのはこいつだ。今のは何だ？　半年前あたりのクセが蘇《よみがえ》ったりでもしたのか。

「他の連中はまだか？」

「まだ」

長門は簡潔に答えると、再び二段組みにびっしりと書かれた改行の少ないページに視線を落とした。空白が多いと損だと感じるタイプなのかね。

俺はぎこちなく窓に近寄り、部室棟から見える中庭へ目をさまよわせた。休み中のこともあって校舎に人の気配はほとんどない。グラウンドで寒さ知らずの運動部員たちが元気にハッパをかけている声だけが、立て付けの悪い窓ガラス越《ご》しに聞こえてくる。

立ったままで目を長門へ滑《すべ》らせた。いつもの長門だった。白皙《はくせき》の顔色も揺《ゆ》るぎのない表情も。

考えてみれば眼鏡っ娘枠《こわく》が長らく空きっぱなしだ。そのうちハルヒが新たな眼鏡少女を連れてくる布石を打っちまったかもしれないな。

そんなどうということもないことを考えながら、俺はポケットをまさぐって折りたたんだルーズリーフを取り出した。

「長門、ちょっとばかり話がある」

「なに」

指先だけを動かして長門はページをめくり、俺は深く息を吸った。

「お前に惚《ほ》れたとぬかす身の程《ほど》知らずが現れたので、その言葉を俺が代理として告げることにしたいのだが、どうだろう。聞いてやってくれるか？」

ここで「いや」と言ってくれたら俺はすかさずルーズリーフを破り捨てる計画だったのだが、長門は無言で俺を見上げていた。氷の色をした瞳《ひとみ》ではあるものの、俺を見るときに限っては雪解け水くらいに温まっているように感じるのは俺が都合よく解釈《かいしゃく》しているせいだろう。

「…………」

長門は唇《くちびる》を閉《と》ざして俺を凝視《ぎょうし》する。まるで外科《げか》医が被験《ひけん》者の患部《かんぶ》を観察しているような目つきだった。

「そう」

と呟《つぶや》くように言って瞬《まばた》きもせずにじっと固まる。そのまま待っているようだったので、俺はしかたなく中河のセリフを書き留めた紙片《しへん》を広げた。読み上げる。

「拝啓《はいけい》、長門有希さま。いても立ってもおられず、このような形で思いを告げる無礼をお許しください。実は私はあなたに一目会ったその日から——」

長門は俺を見つめたまま聞いていた。だんだんと変な気分になってきたのは俺のほうである。ほとんど眩暈《めまい》をともなうほどの中河作愛の言葉を吐いているうちに、バカバカしさがピークに至ろうとしていた。何やってんだ俺は。気は確かか？

中河の人生設計が終盤《しゅうばん》にさしかかり、ゆくゆくは郊外《こうがい》に一軒家《いっけんや》を構えて二人の子供と一匹《ぴき》のウェストハイランドホワイトテリアとともに優雅《ゆうが》なスローライフを満喫《まんきつ》するという未来日記を読んでいる俺を、長門はただ黙然《もくぜん》と眺《なが》めているのみだった。なんだか自分が途方《とほう》もなくくだらんことをしているような実感が沸々《ふつふつ》と湧《わ》いて出る。

というか、くだらん。

俺は棒読みを停止した。これ以上、妄言《もうげん》を読み上げていては俺の精神がおかしくなる。どうやら中河とは永遠に分かり合えそうにないな。こんな脳みそが茹《ゆ》だりそうなセリフを出力するヤツとは付き合いが成立しそうにない。中学時代にそれなり程度の仲だったのも道理だ。一目惚《ひとめぼ》れに半年以上の潜伏《せんぷく》期間、と思ったら突然《とつぜん》のメッセンジャー依頼《いらい》に、かくも狂《くる》った愛の告白ではね。うん、もうどうしようもねえ。

「まあ、そういうことなんだが、だいたい解ったか？」

対する長門は、

「わかった」

こくりとうなずいた。

マジで？

俺は長門を見つめて、長門は俺を見つめていた。

沈黙《ちんもく》という熟語が羽を生やして俺たちの間を飛び回っているような静かな時間……。

「…………」

長門は首の角度をやや傾《かたむ》けて、しかしそれ以上のアクションを取ることなく、ただ俺をじっと見続けていた。ええと何だろう。次は俺が何か言う番なのか？

俺が懸命《けんめい》に語彙《ごい》を探《さぐ》っていると、

「メッセージは受け取った」

俺から視線を逸《そ》らさずに、

「しかし応じることはできない」

例によっての淡々《たんたん》とした声で、

「わたしの自律行動が以降十年間の連続性を保ち得《う》る保証はない」

そう言って唇を結んだ。表情は変わらない。視線も俺から外れない。

「いやぁ……」

先に根負けしたのは俺だった。首を振《ふ》るふりをして吸い込まれそうな漆黒《しっこく》の瞳から目を解放する。

「そうだよな。普通《ふつう》に考えて十年は長すぎるよな……」

待機時間以前の問題だとは思うが、とりあえず俺はホッとしていた。この安堵感《あんどかん》の出所は何かと考えてみるに、早い話が俺は長門が中河でも誰でもいい、他《ほか》の男と睦《むつ》まじげに歩いている姿など見たくはないのである。ハルヒ消失事件でのあの長門のイメージがちょっとばかり俺の頭に残存しているのも否定できないかな。中河はそんなに悪い男ではなく、むしろいいヤツの部類だったと思うが、それでも俺は俺の袖《そで》を柔《やわ》らかい力で引っ張ったあの長門の不安そうな表情をまだ明確に記憶《きおく》している。

「すまん長門」

俺はルーズリーフをくしゃくしゃに丸めながら、

「よくよく思えば、こんなもんを律儀《りちぎ》にメモってきた俺が悪い。中河には電話の時点できっぱり断るべきだったよ。すっぱりと完膚《かんぷ》無《な》きまでに忘れてやってくれ。このアホには俺からきっちり言っておく。ストーカーになるようなヤツじゃないから、その点は安心してくれていい」

まあ、朝比奈さんに彼氏ができるようなことがあったら俺はそいつのストーカーになるかもしれんが……。

うむ？　なるほど、そういうことか。

俺は自分の胸にあるモヤモヤの正体に思い当たった。

朝比奈さんにしろ長門にしろ、余計な男が俺たちの間に割り込んでくるのは率直《そっちょく》に言ってムカが入る。気にくわない、というごく単純な理屈《りくつ》で、俺は安堵しているらしかった。我ながら解《わか》りやすい。

ハルヒ？　ああ、あいつに関しては何も心配していない。ハルヒに言い寄るような男はそれだけでハルヒ的不合格者だし、もし天変地異でも起きてあいつに男ができるようなことになれば、宇宙人やら未来人やらを追い求めることもなくなって地球にも優《やさ》しく、仕事も減って古泉もさぞかし楽になることだろう。

そして俺の巻き込まれ型な人生からもエキセントリックなパートが大いに削減《さくげん》されるに違《ちが》いない。いつかはそうなるのかもしれないが、今この時じゃないのは確実だ。

俺は部室の窓を開けた。二人分の体温で温《ぬく》もりかけた部屋に指を切るような冷たい冬の大気が舞《ま》い込んできた。俺は大きく振りかぶり、丸めた紙切れを思いっきり遠投する。

ふわりと風に乗った紙製即席《そくせき》ボールは、急角度の放物線を描《えが》いて降下した。校舎と部室棟《とう》を繋《つな》ぐ渡《わた》り廊下《ろうか》、その横に広がる芝生《しばふ》に音もなく落っこちる。そのうちに風に吹《ふ》かれて転がっていき、建物沿いにある溝《みぞ》にでもはまって枯葉《かれは》とともに朽《く》ちてボロボロになる未来を予測していたのだが——。

なんということだろうか。

「やべ」

ちょうど渡り廊下をこっちに歩いていた人影《ひとかげ》が進路を転換《てんかん》して芝生に降りてきた。

そいつはチラリと俺のほうを見上げると、タバコのポイ捨てを咎《とが》めるような眼差《まなざ》しを作り、すたすたと歩いて投げ捨てたばかりの紙ボールを拾い上げた。

「おい、よせ！　見るな！」

俺の儚《はかな》い抗議《こうぎ》もむなしく、頼《たの》んでもいないゴミ拾い主は、しわくちゃのルーズリーフを広げて黙読を開始した。

「…………」

と、長門は黙々と俺を見続けている。

唐突《とうとつ》だが、ここでシンキングタイムだ。

Q．1　その紙切れには何が書いてある？
A．1　長門への愛の告白である。

Q．2　誰《だれ》の字で書いてある？
A．2　俺の字である。

Q．3　事情を知らない第三者がそれを読んだらどうなる？
A．3　誤解するかもしれない。

Q.4　ではハルヒがそれを読んだなら？
A.4　考えたくもないね。

そうやって涼宮ハルヒは数分間、ルーズリーフをためつすがめつしていたが、やがて顔を上向けて俺に強い視線をぶつけ、どういうつもりなのか、不気味にもニヤリと笑った。

……決定。今日は厄日《やくび》になりそうだ。


十秒後、とんでもない勢いで部室に走り込んできたハルヒは俺の胸《むな》ぐらをつかみ上げると、

「何考えてんの？　あんた、バカじゃないの？　今すぐ正気に戻《もど》してあげるから、この窓から飛び降りなさい！」

と、笑顔《えがお》のままで叫《さけ》んだ。ま、ちょっとは引きつったような笑みだったが、俺を開け放した窓へ引きずろうとする力はエネルギーに換算《かんさん》するとそれだけで今日一日の暖《だん》房《ぼう》分くらいの容量が込められていて、そのパワーは俺が大急ぎで状況《じょうきょう》説明をしよう

とセリフを考えている最中も翳《かげ》ることがなかった。

「いや、だからこれはだな。俺の中学に中河という野郎《やろう》がいて……」

「何よ、他人《ひと》のせいにすんの？　あんたが書いたんでしょ、これ」

ハルヒはぐいぐい俺を引き寄せ、十センチくらいの距離《きょり》から並はずれて大きな瞳《ひとみ》で睨《にら》みつけてくる。

「いいから放せ。まともに話もできねえだろうが」

そうやって俺とハルヒが揉《も》み合っているところに、間が悪く第四の人影が登場した。

「うぁ」

朝比奈さんが目を皿のようにして扉《とびら》の隙間《すきま》に立っていた。上品に口を押さえ、

「……あの……。お取り込み中ですか？　出直したほうが、その、いいでしょうか……？」

取っ組み合ってはいますが別に取り込んでなどはいませんし、ハルヒと揉み合っていても何一つ楽しくはなく、どうせ同じ目に遭《あ》うならあなたがいい――ので、どうぞお入りください。朝比奈さんの入室を拒《こば》む権限など過去未来を通じて俺にあろうはずがなく、そのつもりもないのである。

だいたい長門が何事もないように座っているんだから、朝比奈さんも堂々と入って来てくれればいいのですよ。ついでに助けてくれたら御《おん》の字ですが。

俺がハルヒと格闘《かくとう》しながら朝比奈さんに微笑《ほほえ》もうとしていると、

「おやおや」

最後にやってきた団員が朝比奈さんの横から顔を出した。

「早く来すぎてしまいましたかね？」

明朗快活な微笑《びしょう》を見せつつ前髪《まえがみ》をかき上げ、

「朝比奈さん、どうやら僕たちはお邪魔虫《じゃま》のようですので、ここはいったん退散して、お二人のおそらく犬も喰《く》わないようなやり取りが一時的収束を迎《むか》えてから再訪することにしましょう。自販機《じはんき》のコーヒーくらいなら奢《おご》らせてもらいますよ」

待て、古泉。これが痴話《ちわ》ゲンカに見えるようならお前は今すぐ眼科に直行しろ。それから、どさくさに紛《まぎ》れて朝比奈さんを誘《さそ》うんじゃない。朝比奈さんも、おずおずとうなずいてる場合じゃありませんよ。

ハルヒはバカ力で俺のシャツを絞《しぼ》り上げ、俺はそのハルヒの手首を握《にぎ》りしめている。このままでは筋肉痛になりそうで、たまらず俺は叫んだ。

「おいこら、古泉！　どこに行く、助けろ！」

「さあ、どうしましょうね」

古泉はここぞとばかりにすっとぼけ、朝比奈さんは驚《おどろ》いた子ウサギみたいに身を固まらせて目をパチクリしており、さりげなく古泉が腰《こし》に手を回してエスコートしようとしているのにも気づいていないようだった。

一方の長門はどうしているかと見ると、こちらはいかにも長門らしく我関せずとばかりに早々と読書に戻っていた。元はと言えばお前の話をしていてこうなっちまったんだから、少しはフォローの言葉を発してくれよ。

そしてハルヒはギリギリと俺を締《し》め上げながら、

「あたしは情けないわ。こんな間《ま》抜《ぬ》けな手紙を書くようなバカが団員から出ちゃうなんて、もう！　引責辞任ものよ。裸足《はだし》で履《は》いた靴《くつ》の中にゴキブリが巣を作ってたくらいの気持ち悪さだわ！」

そう叫びつつもハルヒの顔は不可解な笑みに強《こわ》ばっていた。まるでこういう場合の表情の作り方を知らないかのようでもあったが、

「ここに来るまでに十三通りの罰《ばつ》ゲームを考えついちゃったわよ！　手始めにアジの干物《ひもの》をくわえて塀《へい》の上で近所の野良猫《のらねこ》とナワバリ争いをさせてやるから！　猫耳付きでっ」

朝比奈さんがメイド衣装《いしょう》でそれをやるんだったら絵にもなるだろうが、俺がやっても都市伝説的な特殊《とくしゅ》救急車を呼ばれるだけだ。

「猫耳属性の持ち合わせはねえよ」

俺は開けっ放しの窓へ顔を向け、吐息《といき》を漏《も》らした。

すまん、中河。何もかもネタばらししないと丸めた紙に続いて俺が窓からダイブするハメになりそうだ。俺としても本意ではないのだが、このハルヒの誤解を放置していたら自然界の機嫌《きげん》までが悪くなる恐《おそ》れがある。

俺は団長殿《どの》のつり上がった目を覗《のぞ》き込みながら、爪切《つめき》りを拒否《きょひ》するシャミセンに言い聞かせる口調で言った。

「聞け。つーか、まず手をどけろ。ハルヒ、お前のトサカ頭にも解《わか》るように解説してやるからさ……」

十分後。

「ふうん」

と、ハルヒはパイプ椅子《いす》に胡座《あぐら》をかいてズルズルとホット緑茶をすすっていた。

「あんたも変な友達を持ったものね。一目惚《ひとめぼ》れすんのは自由だけど、そこまで思いこむなんてよっぽどだわ。バッカみたい」

恋《こい》は人を盲目《もうもく》にも脳疾患《しっかん》にもさせるのさ。まあ、最後のフレーズには俺も異論はないが。

ハルヒはシワだらけになったルーズリーフを摘《つま》み上げ、ヒラヒラと振《ふ》った。

「てっきり、あんたがアホの谷口と組んで有希をからかおうとしてんじゃないかと思ったわよ。あいつならやりかねないし、有希はおとなしいしさ。騙《だま》されやすそうだもん」

長門以上に騙されにくい存在など銀河レベルでもそうはいないように思ったが、俺は口には出さずに聞いていた。そんな自制している雰囲気《ふんいき》を少しは感じたのか、ハルヒは俺をキツイ目で一瞥《いちべつ》し、ふっと表情を緩《ゆる》めた。

「まあね。あんたはそんなことしないわよね。小細工をする知恵《ちえ》も機転もなさそうだもん」

誉《ほ》めているのかクサしているのか解らんが、少なくとも俺はそんな理性の足りない小学生みたいなことはしないね。いくらあの谷口でも年相応の分別はあるだろうよ。

「でも……」

と、口火を切ったのはSOS団が誇《ほこ》る小柄《こがら》な妖精兼《ようせいけん》天使である。

「ちょっとステキですね」

朝比奈さんはどことなくウットリとした顔で、

「こんなに誰《だれ》かに好きになってもらえたら、少し嬉《うれ》しいかも……。十年かぁ。本当に待ち続けることができる人に会いたいですね。なんだかロマンチック……」

顔の前で指を組んで潤《うる》みがちな目をキラキラさせている。

朝比奈さんの言うロマンチックと俺が学んだロマンチックが同じ意味を持っているかどうか定かではないが、きっと別物のような気がするね。未来では言葉の意味も変容している可能性がある。船が浮力《ふりょく》で浮《う》いているのを言わなきゃ解らなかった人だからな。

ところで今日の朝比奈さんは普通《ふつう》にセーラー服をお召《め》しである。メイドやらナースやらの衣装をまとめてクリーニングに出していたからで、アマガエルの着ぐるみもその中に入っている。俺とハルヒが朝比奈さんの香《かお》りが染《し》みこんだ大量のコスプレ衣装を抱《かか》えて持っていったとき、クリーニング店のおっちゃんが不必要なまでにジロジロと俺とハルヒを交互《こうご》に見ていたのが何となくトラウマだ。

「中河の実物はロマンチックとは縁遠《えんどお》い感じですけどね」

俺は湯飲みに残っていた冷めかけのお茶を一気に飲み干し、

「間違《まちが》っても少女マンガの主役にはなれそうにないゴツゴツした動物系です。動物占《うらな》い的には熊《くま》っすね。胸元《むなもと》に月の輪がありそうなヤツだ」

言いながら中学時代の印象でぴったりのキャッチコピーを思いついた。

「そう、気は優《やさ》しくて力持ちみたいな」

それほど接点はなかったが、イメージ的にそんなんだ。とにかく身体《からだ》の発育だけはよかった。朝比奈さんとは別の意味で。

これもヤツには謝っておかねばならないだろうが、中河の発した言葉を書き留めた俺の筆による恋文《こいぶみ》は止める間もなく——すまないがその気力を俺は失っていた——ハルヒが情感豊かにさっき読み上げてしまい、それを受けて朝比奈さんとは別の感想を述べたのが古泉だった。

「なかなかの名文だと思いますよ」

作り笑いめいた微笑《びしょう》も相変わらずに、

「何よりも具体的なのがいいですね。やや理想論めいていますが、それでいてきちんと現実を見据《みす》えている実直さも好感度高しです。突発的《とっぱつ》な一時の熱意に自失している感があるものの、迸《ほとばし》る勢いが行間から立ち上っている様子も見て取れますし野心的でもあります。言葉通りの努力を続けていれば、きっと中河氏は将来ひとかどの人物になるのではないでしょうか」

安物の精神分析《ぶんせき》みたいなことを言った。他人の人生だと思って、いい加減な予言をするんじゃねえぞ。責任を取る立場じゃないんだったら俺だって適当なことはいくらでも言える。お前はインチキ占い師か。

「ですが」

古泉は微笑《ほほえ》みをくれる。

「このような文言を発するのもかなりの度胸ですが、書き留めるあなたも人間がよくできていますね。僕なら指が拒否するところです」

それは何か、婉曲《えんきょく》な言い回しで俺を罵倒《ばとう》でもしているのか。俺はお前とは違《ちが》って友達思いなんだよ。結果の分かり切っているキューピッド役を辛《かろ》うじてパートタイムでやる程度にはな。

俺は肩《かた》をすくめ、それを古泉への返答としてから、

「長門の返事ならお前が来る前に聞いたさ」

ハルヒと古泉を等分に眺《なが》めつつ長門のコメントを代弁する。

「十年は長すぎるってさ。当然だろ？　俺だってそう思うぜ」

その時、それまで存分に寡黙《かもく》さを発揮していた長門が、

「見せて」

細っこい指を差し伸《の》べていた。

それを見て俺は意外に思う。ハルヒもそうだったようで、

「やっぱ、気になるの？」

ハルヒは不揃《ふぞろ》いな前髪《まえがみ》を持つ唯一《ゆいいつ》の文芸部員を覗き込むように、

「キョンの書いたやつだけど、記念にもらっておくといいわ。今時こんな回りくどいのか直接的なのか解《わか》らないようなコクりなんてそうそうないから」

「どうぞ」

ハルヒから渡《わた》されたシワシワのルーズリーフを、古泉は長門にバトンリレーする。

「…………」

長門は目を伏《ふ》せるようにして俺の字を読んでいた。何度も。目が同じ場所を上下している。そうやって噛《か》みしめるように黙読《もくどく》していたが、

「待つことはできない」

うんうん。そうだろうとも。

しかし、続く言葉として長門は、

「会ってみてもいい」

誰もが絶句するようなことを呟《つぶや》き、とりわけ俺が顎《あご》をガクリと垂らしていると追い討《う》ちのように、

「気になる」

そう言って、俺をじっと見つめた。いつもの目の色で。

俺がちゃんと知っている、変わりのない手作りガラス工芸品みたいな正気の瞳《ひとみ》で。

大掃除《おおそうじ》は大したこともなく単なる掃除で終わった。本棚《ほんだな》に並んだ書籍《しょせき》の処分を提言したところ、イエスともノーとも言わない長門は黙《だま》ったまま俺を見つめることを続行

し、その目の色がどことなく悲しそうに思えた俺はそれ以上何も言えなくなり、古泉のゲームコレクションの中でゴミ箱に居場所を移したのは、一回やったきりでそれも雑誌のオマケについてきた紙製のスゴロクだけだった。

朝比奈さんは元々私物を茶葉以外に持っておらず、ハルヒは自分が持ち寄ったあらゆる物体の破棄《はき》を「ダーメ」の一言で拒絶《きょぜつ》した。

「いいかしらキョン。何であれ使わずに捨てるなんてもったいないことをあたしはしないのよ。再利用できるものだったら何度も使って、最終的にどうしようもないくらい劣化《れっか》でもしない限り、やっぱりあたしは捨てないの。それがエコロジーの精神よ」

将来、こういうヤツがゴミ屋敷《やしき》を形成することになるんじゃないかね。エコのことを考えるならお前は生存活動以外の何もしないほうがいいと思うけどな。

ハルヒは長門と朝比奈さん、それから自分にも三角巾《きん》をかぶせてハタキと箒《ほうき》を配り歩き、俺と古泉にはバケツと雑巾《ぞうきん》を譲与《じょうよ》して窓拭《まどふ》きを命じた。

「年内にここ来るのはこれで最後なんだから、ピッカピカにして帰るのよ。年明け、あたしたちが来たときに健《すこ》やかな気分になれるようにね」

言われるままにガラス拭きを実行する俺と古泉である。その最中、部室を片づけてるんだかホコリを撒《ま》き散らしてんだか解らない三人組の北高少女を眺めつつ、俺の相方が囁《ささや》き声で言った。

「ここだけの話、長門さんに接近したがっている『機関』以外の組織はいくらでもあります。今や彼女は涼宮さんやあなたと同じくらいの重要人物ですからね。特に他《ほか》のTFEIたちの中でも長門さんはオンリーワンなポジションにいます。そうなったのは最近のことかもしれませんが」

窓枠《まどわく》に腰《こし》をかけ、体温を容易に奪《うば》い去る風に対抗《たいこう》して濡《ぬ》れた手に生暖かい息を吹《ふ》きかける俺は無言でガラスに濡れ雑巾を這《は》わせた。

何のことやら——。

とぼけるのは簡単だ。最近、俺は長門や朝比奈さんと一緒《いっしょ》に、ここのハルヒと古泉があまり関《かか》わらない事件に遭遇《そうぐう》したばかりであって、その結果として今があるからには完全無視を決め込むわけにはいかない。

「なんとかするさ」

俺は表面的には軽快に応《こた》えた。

今度のは俺が持ち込んだイザコザだ。俺自身で解決すりゃいい。

ガラスの内側を拭きながら、古泉は小さく笑い声を漏《も》らしたようだった。

「ええ。今回ばかりはあなたに一任させてもらいますよ。僕は年末から年始にかけて行くSOS団雪山旅行の準備に大わらわですからね。加えて言わせてもらうと、あなたは涼宮さんと仲よくケンカすることでストレス発散できるのかもしれませんが、あいにくと僕にはその相手もいないのですよ」

どっちがトムキャットだ。

しかし古泉はハンサム面《づら》の唇《くちびる》をひん曲げて、

「僕だってそろそろ人畜《じんちく》無害な仮面を脱《ぬ》ぎ捨てて、いつの間にか固定されてしまったこのキャラ性を一新したくなる頃《ころ》だと思いませんか？　同級生相手に丁寧《ていねい》口調を続けるのも、けっこう疲《つか》れるものなんです」

じゃあ止《や》めればいい。お前のセリフ内容にまで俺は口出ししようとは思わん。

「そうもいきませんね。今の僕こそが涼宮さんの望む人物設定でしょうから。彼女の精神に関しては僕はかなりの専門家なんです」

古泉はこれ見よがしに嘆息《たんそく》し、

「その点、朝比奈さんが羨《うらや》ましくなりますよ。なにしろ彼女は自分を何一つ偽《いつわ》らなくてもいいのですから」

お前、いつぞや朝比奈さんの振《ふ》る舞《ま》いはフリかもしれないみたいなことを言ってなかったか？

「おや。僕の言うことなどを信用するんですか？　そこまであなたの信頼《しんらい》を勝ち取れたのだとしたら、苦労のかいがあったと言うものですが」

相変わらずのバックレぶりだ。信用ならん口ぶりも一年が終わろうとしているのに変化してない。長門すらけっこうな内面変化を遂《と》げたというのにお前は相変わらずだな。朝比奈さんはあのままでいいさ。別の朝比奈さんと何度か出会っているもんだから、彼女が肉体的にも精神的にも向上してんのは最早既定事項《もはやきていじこう》だ。

「僕が何かしらの変化を見せるようなことがあれば」

古泉はせっせと手を動かしつつ、

「それはよくない兆候ですね。現状維持《いじ》が僕の本分です。僕の真剣《しんけん》な姿など、あなたが見たくなるとも思えませんが」

ああ、見たくはないとも。お前はいつでもニカニカ笑いながらハルヒの金魚のフンとしてアフターフォローか前段階仕込みに明け暮れるのがお似合いだ。今度行く雪山の山荘《さんそう》での寸劇も期待させてもらっている。それで充分《じゅうぶん》だろう？

「これ以上ないくらいの誉《ほ》め言葉ですね。そう受け取っておきますよ」

本気なのか戯《ざ》れ言《ごと》なのかは知らないが、ともかく古泉はそのようなセリフを吐《は》いて、窓ガラスに白い息を吹きかけた。

その夜のことだ。

ベッドの上でトグロを巻いているシャミセンの寝顔《ねがお》を見つめて優《やさ》しい気分に浸《ひた》って

いるうちに、この優しさの源は何に由来するのかと考えつつ、ついでに恋愛《れんあい》感情とスケベ心の相違点《そうい》について考察を深めたあげく、これぞという結論が天啓《てんけい》のように閃《ひらめ》いたその時、

「キョンくん、電話ー。昨日の人ー」

妹がまたしても電話の子機を持って部屋の扉《とびら》を開いた。

クラシックな名曲をイージーリスニング化したメロディを奏《かな》でる受話器を俺に渡すと、妹はそのままベッドの脇《わき》に座り込んでシャミセンのヒゲを引っ張っている。

「シャミシャミ～、シャミの毛だらけでお母さんブツブツ～♪」

薄目《うすめ》を開けて妹を睨《にら》みながらも無視する態勢のシャミセンと、嬉《うれ》しそうに唄《うた》って引っ張り続ける妹を見ながら俺は電話を耳に当てた。それまで俺は何を考えていたのだっけ？

「もしもーし」

『俺だ』

中学時代の同級生、中河はハヤる心の内を押し隠《かく》せない様子で、

『どうだった。長門さんの返答は？　聞かせてくれ。たとえどんな内容でも覚悟《かくご》はできている。言ってくれ。キョン……！』

当落線上にある衆院選の立候補者がニュース速報をやきもきしながら聞いているよ

うな口調だった。
「残念ながら、かんばしい返答は得られなかった」
俺は妹に向かってしっしっと手を振りながら渋《しぶ》い声を演出した。
「待てやしねえってさ。十年後の未来なんざ想像もできない、保証しかねる——って
なことだった」
事実を伝えるだけだから俺の舌も滑《なめ》らかに回る。ただ、会ってみてもいい……と呟《つぶや》
いた長門の問題発言をどうしたものかと考えていると、
『そうか』
中河の声は意外にもサバサバしていた。
『そうだろうな。俺もそう簡単にオッケーされるとは思っていなかった』
俺が手を振り続けていると、キテレツな歌詞で歌い続ける妹は唸《うな》り声を上げるシャ
ミセンを強引《ごういん》に抱《だ》き上げて部屋を出て行った。また自分の部屋で一緒に眠《ねむ》るつもりだ
ろうが、一時間もしたらシャミセンは辟易《へきえき》した顔で再び俺の部屋に戻《もど》ってくることに
なるだろう。構い過ぎるとイヤがる性質は普遍《ふへん》的な猫《ねこ》の特性だ。
妹の退室を見て、俺は電話に問いかけた。
「お前、俺にあんな恥《は》ずかしい文面を読ませといて言うことはそれだけか？」
あらかじめ返事を予想していたのだったら伝言なんか俺に依頼《いらい》するなよ。

『物事には順序というものがある』

準備運動抜《ぬ》きで結婚《けっこん》の申し込みをしたヤツにそんな諭《さと》すように言われたくはない。先手の一手目で王手をかけるようなルール無視ぶりだったろうがよ。

『まるで知りもしない相手から真実の愛を訴《うった》えかけられても困るだけというのは俺も承知している』

承知してるんなら初めから言うな。地雷《じらい》があると解《わか》っていてそこに足を踏《ふ》み入れるのは爆発《ばくはつ》物処理班を除けばマイナーな趣味《しゅみ》の持ち主だけだ。

『だが長門さんはこれで俺に対し、少なからず興味を抱いてくれたはずだ』

計画的犯行だったとは少しは恐《おそ》れ入ってもいい。長門に「気になる」なんてことを言わしめるような人間は確かに中河が最初だ。それだけあのメッセージに破壊《はかい》力があったということだろう。なんせ恥ずかしさなら現時点での地球一を保証してやりたいくらいだからな。

『そこでだ。キョン、もう一つ頼《たの》みがある』

まだ何かあるのか。俺のボランティア精神は色々あってそろそろ底をつきかけようとしているのだが。

『俺が高校でアメフト部に入っているのは知っているか？』

初めて聞いた。

『そうか。実はそうなんだ。それで頼みというのは他《ほか》でもない、今度俺の高校で他の男子校のアメフト部と対抗《たいこう》戦をするんだ。ぜひ長門さんと連れだって見に来てもらいたい。もちろん俺はスタメンで出る』

「いつだ」

『明日だ』

だからハルヒみたいなヤツは一人でいいと言っているだろう。どうしてもっと余裕《よゆう》のある日程を考えないんだ。

『長門さんが十年待てないというのだから仕方がない。かくなる上は、俺の勇姿を見せてグッときてもらうしかない』

なんちゅう短絡《たんらく》的なアイデアだ。それからこっちの都合も少しは考えろ。それでなくとも年末年始は色々あるんだ。

『何か不都合でもあるのか？』

俺に不都合はない。何の予定もなくポッカリ空いた一日だ。長門も空いているだろう。だから不都合なんじゃないか。このままではお前の勇姿とやらを見に行かねばならないハメになる。

『いいじゃないか。来てくれ。親善試合とは言え実質的な真剣勝負なんだ。明日の試合は隣町《となりまち》の男子校アメフト部と毎年やってる対抗戦なんだが、勝つと負けるとでは俺たち部員にとって平和に年が越《こ》せるかどうかレベルの違《ちが》いがある。もし負けたら地獄《じごく》の冬休みが待っているのだ。大晦日《おおみそか》も正月もない練習三昧《ざんまい》の毎日だ』

中河の声色《こわいろ》はシリアスで、ある意味悲壮《ひそう》でもあったが俺にしてみりゃ他人事《ひとごと》だ。俺は俺で年末年始にやらなければならない面倒《めんどう》なことが山積みなんだよ。雪山の山荘に行くまであとそう何日もない。

『キョン、お前の予定なんかどうでもいい。長門さんだ。頼むだけ頼んでくれ。彼女がイヤだと言うのなら俺もあきらめる。だが千分の一でも可能性があるのなら俺はそれに賭《か》けたいのだ。自らアクションを起こさないとどんな夢でもかないはしないものだからな』

よっぽど嘘《うそ》っぱちを言ってやろうかと思ったが、そこまで徹《てっ》しきれないのが俺の弱いところだ。

「解ったよ」

俺はベッドに寝転《ねころ》がりながら気のない息を吐いた。

「長門にはこれから電話して訊《き》いてみる」

予感があった。長門はノーと言わないだろう。

「お前の高校はどこにあったっけ？　もし長門がオッケーしたらそこまで連れて行ってやる」

別のヤツらもついてくるかもしれんが、まあそれはいいだろう。

『ありがとう、キョン。恩に着る』

嬉々《きき》として中河は自分の高校への道順を告げ、試合開始の時間を教えてくれてから、

『お前は縁結《えんむす》びの神だ。結婚式では司会を頼んでもいい。いや、最初の子供の名付け親になってく――』

「じゃあな」

冷たく言って俺は電話を切った。これ以上中河の言葉を聞いていたら脳に細長い虫が湧《わ》きそうだ。

俺は家電の子機を床《ゆか》に置くと、自分の携帯《けいたい》を手にして登録してある長門宅の番号を呼び出した。

そして翌日がやってきた。あっさりと。

「遅《おそ》いわよ！　言い出しっぺのくせして最後にやってくるなんて、やる気あんの？　あんた」

ハルヒが笑顔《えがお》で俺に人差し指を突《つ》きつけている。お馴染《なじ》みの駅前、ＳＯＳ団待ち合わせの場所である。他の三人、長門と古泉、朝比奈さんも俺を待っていた。

本来なら俺が連れて行くのは無口な有機アンドロイドだけでいいわけだが、だからと言って本当に二人きりで試合観戦に行くわけにもいくまい。のちのち団長に知れたらどんな罰《ばつ》ゲームが待っているのか想像するのも恐ろしい。だったら全員巻き込んじまえ——というわけで俺は長門の返答を聞いたのち三人に誘《さそ》いの電話を入れた。全員が話に乗ってきたのは年末だってのにそれほどヒマだったか、それとも長門に一目惚《ひとめぼ》れするような男に並々ならぬ興味があったからか。

なんせ真冬のことだから全員厚着で集合している。特筆すべきは朝比奈さんの格好で、真っ白なフェイクファーコートを着込んだ彼女はモコモコというかモサモサというか、まるで雪山を無邪気《むじゃき》に跳《は》ねる白ウサギのような愛らしさだった。一目惚れするんだったらどう考えてもこっちだ。

長門は制服の上に地味なダッフルコートをまとい、その上フードもかぶっていた。さすがの宇宙人モドキも地上の寒さはこたえるものと見えるが、

「…………」

自分への告白相手を見物に行くとは到底《とうてい》思えない無表情は変わりない。

「さ、行きましょ。どんな顔した男なのか、あたしけっこう楽しみだわ。アメフトの試合見るのも初めてだしさ」

ピクニック気分なのはハルヒだけでもないようで朝比奈さんもニコニコ、古泉はニ

ヤニヤしている。そして俺は表情に乏《とぼ》しく、当の長門は表情皆無《かいむ》である。

「バスの路線図は調べておきました。その男子校まではここから時間にして三十分ほどですね。乗り口はこちらです」

古泉が旅行会社の添乗員《てんじょういん》のような口調で俺たちを先導し、俺はますます口数を少なくする。

楽しんでやがるな。こいつもハルヒも、ひょっとしたら朝比奈さんも。

歩きながら古泉はごく自然な動作で俺に歩み寄り、いわくありげに耳元で囁《ささや》いた。

「それにしても、あなたもよくよく妙《みょう》な友人をお持ちですね」

続く言葉を待っていたのだが、古泉は微笑《びしょう》を振《ふ》りまきながら先導役に戻《もど》った。

中河が妙だって？　そうかもしれない。長門を一目見たきりで遠雷《えんらい》に打たれたように感じる人間は一般《いっぱん》性からほど遠いところで生きているヤツに違いはなかろう。

バスターミナルまで歩く間中、俺はずっと憮然《ぶぜん》としていた。

何か、気に入らん。

民営のバスに揺《ゆ》られること半時、降りたった停留所から数分のところにその男子校はあった。そして、とっくに試合は始まっていた。

俺の寝坊《ねぼう》のせいでバスを二本ほど乗り逃《のが》してしまっていたから、到着《とうちゃく》したのは中河が言ってた試合開始時間の十五分後だ。

どうやら校舎内には入れないようで、敷地《しきち》に沿って歩いてるとすぐに金網《かなあみ》フェンスに囲まれたグラウンドに出くわし、アメフトの練習試合はそこでやってた。

「わあ、広い運動場ですね」

朝比奈さんが感嘆《かんたん》するのもうなずける。山を削《けず》って無理から作ったと思われる北高と違い、平地にあって金もありそうなこの私立男子校のグラウンドはやたらに面積が広かった。それも俺たちが立っている位置から一階分程度低い場所にグラウンドは設置されており、ちょうど観戦には具合がいいような立地条件になっている。俺たち五人以外にも通りすがりみたいなおっさんとか、グルーピーみたいなどこかの女子生徒たちがダンゴになって私立男子校二つによる対抗《たいこう》戦を歓声《かんせい》とともに眺《なが》めていた。

白と青のユニフォームとヘルメットがぶつかり合う音を聞きながら、俺たちは空いた空間に五人で並ぶ。

長門はまだ無言で無反応なままだった。

この時は、まだ――。

アメリカンフットボールのルールを俺はざっくりとしか知らない。いつだったか草野球大会をほぼ無努力で一勝したことに味をしめ、ハルヒが次に持ってきたチラシが草アメフトと草サッカーの大会参加届けである。結局どちらにも参加することはなかったのだが（いろいろ紆余曲折《うよきょくせつ》があった果てにな）、その時万が一に備えてアメフトのルールもちょいと調べてみた。簡単なようで奥が深く、とてもじゃないが俺たちがおいそれとできるスポーツではないということだけは解《わか》った。

実際、こうして眺めていてその推測は正解だったと実感する思いである。

攻撃側《こうげき》はラグビーボールとどう違《ちが》うのかが解らないがとにかく楕円《だえん》形のボールを一センチでも前進させようと投げたり手渡《てわた》したり抱《だ》きしめてダッシュしたりしており、対する防御側《ぼうぎょ》はそのボールを一センチたりとも前進させないようにボールを持つヤツに猛然《もうぜん》と襲《おそ》いかかり、そうはさせじと攻撃側のオフェンスラインがブロックし、あちらこちらでガッチンガッチンとプロテクタがぶつかり合う音が発生していた。

まあ、確かにアメリカンな感じがするスポーツではある。

「へー」

ハルヒはフェンスにしがみつくようにして入り乱れる選手たちに視線を注いでいた。

「それで、中河くんってのはどれ？」

「ユニフォームに82って書いてあるヤツだ。白いほう」

昨日の電話で聞かされた通りの説明をする。タイトエンド、ってのが中河のポジションだった。オフェンスラインの端《はじ》っこあたりにいて、ブロックとパスキャッチを兼《か》ねるような役職である。中河はガタイの割にはやけに俊敏《しゅんびん》に動いており、なるほど、まさにうってつけと言える。

「あれ？　選手がそっくり入れ替《か》わってるけど、どうして？」

「攻撃専用と防御専用の選手がいるんだよ。中河は攻撃専門」

「メットかぶってるから頭突《ずつ》きはアリなんでしょうけど、どこまでやっていいの？　立ち技《わざ》オンリー？　総合格闘《かくとう》ルール？」

「どっちにせよ、そんなルールはない。頭突きもなしだ」

「ふうん？」

興味津々《きょうみしんしん》な瞳《ひとみ》をグラウンドに向けているハルヒだった。北高にアメフト部はないが、もしあったらこいつはそこにも仮入部して部員たちを困らせていたに違いない。やたら迅速《じんそく》で周囲を無視した突破《とっぱ》力に秀《ひい》でているヤツだから役に立っていたかもしれないが。

「いかにも頭に血の上りそうな威勢《いせい》のいいスポーツね。冬にやるにはピッタリかも」

ハルヒの感想を聞きながらこっそり長門のほうを窺《うかが》ってみると、別に何を考えてもいなそうな顔でぼんやりとボールの行方《ゆくえ》を追っていた。とりたてて中河を注目しているわけでもなく、ただひたすらにぼんやりしているように見えた。

俺たち五人は突っ立ったまま、しばらく男子校同士のつばぜり合いを観戦していたが、

「あの、お茶、どうですか？」

朝比奈さんがカバンから魔法瓶《まほうびん》と紙コップを取り出して、

「寒いだろうと思って、あったかいのを用意してきました」

微笑《ほほえ》む朝比奈さんはほとんど天使そのものだ。ありがたく頂戴《ちょうだい》しますよ。寒空の下でじっと試合観戦ってのも冷えるだけですし。

そうして俺たちは朝比奈さんが手ずから淹《い》れてくれた妙な味のするお茶をすすりつつ、真冬だというのに熱っぽくぶつかり合うアメフト部員を眺めていた。


そんなこんなで漫然《まんぜん》とプレイ進行を見ている間に第二クオーターが終了《しゅうりょう》してハーフタイムとなった。中河たち白いユニフォームチームは俺たちから見てグラウンドの対岸に集合し、ヘッドコーチらしき体格のいいおっさんからしきりと怒号《どごう》を喰《く》らっている。遠目で顔はよくわからないが、こちらに背を向けている82番の背番号が一団の中で見え隠《かく》れしていた。

試合のほうは、どちらかと言えば地味な展開で進んでいるようだ。派手なロングパスが通ったりランニングバックが三十ヤード独走するということもなく、両チームともファーストダウンを取るのがやっとといった有様で、点数はフィールドゴールでポツポツと加点するに止《とど》まってタッチダウンによる得点は未《いま》だにゼロである。それだけ戦力が拮抗《きっこう》しているということでもあるだろうし、ディフェンスチームが互《たが》いにがんばっているということでもある。

ところで地味で退屈《たいくつ》な展開が大嫌《だいきら》いな人間を俺は一人ほど知っており、その名を涼宮ハルヒという。

「なんか、あんまり面白《おもしろ》くないわ」

その場で足踏《あしぶ》みしながら、ハルヒは唇《くちびる》を尖《とが》らせる。吐《は》く息が思いっきり白いのはハルヒだけでなく俺たち全員がそうだ。

「あいつらは動き回ってるからいいかもしれないけど」

ハルヒは両手で自分を抱きしめるようにして、

「じっとしてるあたしたちは寒いだけよ。近くに喫茶店《きっさてん》はないの？」

ピクニック気分も木枯《こが》らしに吹《ふ》かれてどこかに飛んでいってしまったらしい。朝比奈さんのお茶も野外では無限ではなく、すでにしてとっくに切れていた。それ以前に半分が愛情で構成されているであろう朝比奈印のお茶もあまりの寒さにあっという間に冷たくなってしまい、身体《からだ》を暖める役にはあまり立たなかった。加えて今日は今年一番の寒波が押し寄せている。芯《しん》から凍えそうな冷気に歯を鳴らしているのはハルヒだけでなく俺や朝比奈さんもだ。平然としているのは暑さ寒さを年中ものともしない長門くらいのものさ。

「やっぱ、何であれ指くわえて見てるだけじゃ本質的な面白さなんて解んないのよ。あたしも交ぜてもらおうかしら。あのボールを投げる役くらいならあたしでも出来そうだわ」

ハルヒは体温を奪《うば》っていく風に目をすがめながら、

「それくらいしないとずっと寒いだけよ。キョン、何かいいもの持ってない？　カイロとか、トウガラシとか」

そんなアイテムを持っていたら自分で使っている。どうしても身体を暖めたいなら学校の周りをマラソンで一周するか、おしくらまんじゅうでもすればいいだろ。経済的で、しかも健康的だ。

「ふんだ。いいわよ、カイロならここにちょうどいいのがあるしさ。しかも等身大の」

おもむろにハルヒは後ろから朝比奈さんに抱きついて、突《つ》けば折れそうな首に手を回した。

「わっわっ。何ですかあ」

と、もちろん朝比奈さんは狼狽《ろうばい》する。

「みくるちゃん、あなた暖かいわねえ。ふわっふわっしてるし」

処女雪的白さのフェイクファーに顎《あご》を埋《うず》め、朝比奈さんのバックを取ったハルヒは小柄《こがら》で部分的にふくよかな肉付きを誇《ほこ》る上級生を抱きしめ、

「しばらくこうしてましょ。ふふふ、キョン。羨《うらや》ましい？」

当たり前だろう。どうせなら真正面から抱きしめ合いたいがな。

「ふうん？」

ハルヒはアヒル口を作ったのち、

「ど……」

言いかけて口を閉《と》ざし、軽く息を吸い込んでから、

「それ、みくるちゃんと？」

ハルヒの小悪魔《こあくま》めいた表情と、その腕《うで》に抱擁《ほうよう》されて白黒させている朝比奈さんの瞳を同じ時間だけ見比べて、俺は何と回答しようかと考えた。そうやって考え続けていると斜《なな》め後方から助け船が登場、

「何でしたら僕とおしくらまんじゅうでもしますか」

俺たちの会話に交じりたくでもなったのか、古泉が気色悪いことを気色の悪い笑みを浮《う》かべながら言い出した。

「マラソンでも構いませんが、ここは男同士、気兼《きが》ねなく揉《も》み合ったところで僕は別に気にしません」

　俺が気にするわい。何度でも言っておくが俺にソッチの趣味《しゅみ》はない。古泉はおとなしくアメフトの実況《じっきょう》解説役をやってればいいのだ。今回のは俺と長門と中河の問題でお前はオマケ以下の存在だからな。ちなみに現状を見る限りハルヒと朝比奈さんはオマケそのものだが。

　俺は横目を泳がせた。

「それはどうでもいいんだが……」

　肝心《かんじん》のメイン、長門はいつもの調子で黙《だま》りこくり、ひたすら視線をグラウンドに落としたまま身じろぎもしない。中河の姿を目で追っているような雰囲気《ふんいき》は感じたが、本当にヤツを見ているのかどうかも定かではない。

　一方の中河もそうだった。オフェンスユニットとしてせわしなく動いているときも、ラインの外に出ている間も、まったくこちらに目を向けていない。せっかく長門を連れてきてやったのに気にならないのかね。ハーフタイムの今も円になった選手同士で何やら真剣《しんけん》っぽい気配のミーティングをやってやがる。それだけこの試合に賭《か》ける情熱と勝利への渇望《かつぼう》が何より勝《まさ》っているということなのか。

　それともワザとか？　中河の話が本当ならば、あいつは長門の姿を遠目に見ただけで忘我《ぼうが》のあげく自失までしてしまうということだった。いくらなんでもそれは大げさだと思うが、もし言葉通りなら大事な試合の最中に立ちつくしちまうのはいかにもマズい。

「ま、いっか」

と俺は呟《つぶや》いて、短い襟足《えりあし》を風にそよがせている長門の後ろ頭を見つめた。

この試合が終わって、中河が学校から出てきたらそこで会わせてやればいい。このままつつがなく後半が終了し、その時に中河の学校が勝っていたらヤツも自由の身になるだろう。

昨日、長門は『会ってみてもいい』と言った。ならば会わせてやっても誰《だれ》が困ることもない。実を言うとあんまり気は乗らなかったが、だからといって他人の希望や要求を無下に握《にぎ》りつぶすほど俺は悪人ではないつもりだ。こうして聞く耳も二つほどちゃんと付いている。

の、だが。

残念ながらつつがなくとはいかなかった。試合再開を告げる笛が鳴り、第三クォーターが始まって五分と経《た》たないうちに――。

中河は救急車で運ばれることになった。

ヤツの負傷退場の顚末《てんまつ》を記しておこう。だいたいこんな具合だ。

後半の幕開けは相手チームのキックオフから始まった。リターナーが自陣《じじん》二十ヤードまで進んだところで取り押さえられ、そこから中河チームの攻撃《こうげき》が開始される。

敵味方が揃《そろ》って腰《こし》を落とす最前列、その端《はじ》っこに中河もいた。センターの真後ろにいた白ユニフォームのクオーターバックが何やら暗号通信めいた掛《か》け声を左右に発して、それはまさしく暗号通信だったらしく中河は一列目のラインからつつつっと横に移動した。その途端《とたん》、ボールを受けたクオーターバックが二歩三歩とバックステップを踏《ふ》み、敵チーム側のガードとタックル、ラインバッカーどもが野獣《やじゅう》のような突進《とっしん》力で襲《おそ》いかかる。

中河はいったんダッシュしてから素早《すばや》くインに切れ込んでターン、捕球《ほきゅう》を待ち受ける構えだがこれはフェイクだったらしく、ボールを構えた司令塔《しれいとう》が手首のスナップをきかせて投じた相手は、中河のさらに外側にいたワイドレシーバーだった。

「あっ」

声を上げたのはハルヒか朝比奈さんか。

ライフル弾《だん》のように回転しながら飛んでいくボールは、しかし予定通りの軌跡《きせき》を描《えが》くことはできない。敵チームのラインバッカーが猛然《もうぜん》とジャンプ、だがこれもインターセプトには至らない。かろうじて指先に触《ふ》れるに止《とど》まってターンオーバーは回避《かいひ》、とは言え軌道《きどう》の変更《へんこう》と減速を強制され、ふわーり、とボールは誰もが予想しなかった地点へと墜《お》ちていく。

その時だった。

地蔵菩薩《ぼさつ》よりも動くことのなかった長門が手を動かすのを俺は見た。

「…………」

長門はかぶっていたフードの端《はし》に触れ、ちょいと押し下げて目線を隠《かく》す。だが隠しきれない部位、唇《くちびる》が小さく動いたのを俺の視界は見逃《みのが》さなかった。

「――――」

確かに長門は何かを呟いた。短く。

それは目の隅《すみ》での出来事だった。俺の目の焦点《しょうてん》は目下のところグラウンドに合わされている。

「おっ」

俺は身を乗り出して目を見張った。

ボールの軌道がわずかに変化したような気がしたからであり、まさにその落下予測地点へ中河が素晴らしい瞬発力《しゅんぱつりょく》で走り込んでいたからだ。俺の視界の中心で中河は華《か》麗《れい》に跳躍《ちょうやく》した。空中を漂《ただよ》っていたボールをしっかとキャッチ、やや体勢を崩《くず》したもののそのまま地面に着地——

とも、いかなかった。

中河のジャンプと同時に、中河のマンマークについていた相手ディフェンスのコーナーバックも素晴らしい跳躍を見せていた。狙《ねら》いはただ一つ、連中が命の次くらいに重要視しているボールである。

その敵選手が幅跳《はばと》び選手のように助走をつけて宙を飛んだのは、中河がボールをつかむと同時のことだ。空中ではいかなる方向転換《てんかん》もままならないのは羽の生えていない人間なら当然の始末で、結果その選手はジャンプの頂点にいてエネルギー量ゼロ状態、後は落ちるだけだった中河とまともに激突《げきとつ》した。その衝撃《しょうげき》がいかばかりであったかは、二人ともがその勢いのままに弾《はじ》け飛んだことからも容易に想像できようというものだ。

敵のコーナーバックは九十度回転して背中からグラウンドに落っこち、そして無防備な体勢でいた中河は綺麗《きれい》に縦の半回転をおこなって頭から落下した。

「ひえっ⁉」

これは朝比奈さんの疑問形悲鳴。

俺も声を上げかけていた。明らかに中河は人間が地上にぶつかるにしては決してやってはいけないような落ち方をした。トゥームストーンパイルドライバーというか、犬神家《いぬがみけ》のスケキヨというか、頭頂部からまともにだ。プロレスにはマットがあり犬神家なら沼《ぬま》がある。だが、中河の下には硬《かた》く素っ気のない茶色の地面があるのみだった。聞きたくもなかったような、イヤ〜ぁな音が映像にやや遅《おく》れて俺たちのもとにまで届けられる。

ゴガン！

よくてヘルメット、悪ければ頭蓋骨《ずがいこつ》にヒビが入ったんじゃないかと思えるような鈍《にぶ》い音だった。

主審《しゅしん》の吹《ふ》く笛が鳴り渡《わた》って時計が止まる。中河の身体《からだ》も止まったままだ。倒《たお》れ伏《ふ》した中河はボールを親の形見かと思うくらい強く抱《だ》きかかえたポーズで停止していた。いや、もうピクリともしない。ちょっとシャレにならん気がしてきた。

「だいじょうぶかしら、あの人」

ハルヒがフェンスにかぶりつきとなって眉《まゆ》をひそめる。

「ひえぇ」

朝比奈さんはホラー映画のスプラッタシーンを見るようにハルヒの肩《かた》に半身を隠して、

「あ……担架《たんか》が……」

怖々《こわごわ》とした声で言った。

大勢のチームメイトたちに囲まれていた中河の仰臥姿《ぎょうが》が、大急ぎで運ばれてきた担架に乗せられてサイドラインの外に出る。それでもまだボールを抱きしめているのだから見上げた根性《こんじょう》だ。これで中河のチームが奮起して敵チームに勝利しないとウソだと思えるくらいの名退場シーンである。

担架の上でメットを外された中河は、どうやら最悪の事態だけは免《まぬか》れたようだ。周囲の呼びかけに反応して目を開けているし、質問にうなずいたりしている。起きあがろうとしてまた崩れ落ちたりもしているが、少なくともちゃんと息はあるらしい。

「軽い脳震盪《しんとう》でしょう」

古泉が病状を説明する。

「さほど心配はないと思います。この手のスポーツではたまにあることですよ」

医者でもないのにこの遠距離《えんきょり》からよく解《わか》るものだ。本当にその通りならいいが頭はけっこうヤバイ部分だぞ。そんな俺の懸念《けねん》はチームの監督《かんとく》だか顧問《こもん》教師とも共通だったらしく、まもなくして救急車のサイレンが近づいてきた。

「ついてないわね、あんたの友達」

ハルヒは慨嘆《がいたん》するように、

「有希にいいところを見せようとしてたのにケガじゃあね。はりきりすぎたのかしら」

同情しているらしい。こいつは本気で中河と長門がうまくいっちまえばいいと思っていたのか？　ちょっと前までコンピュータ研への一時レンタルにも難色を示していたのに。

俺がそう言うとハルヒは、

「あたしはね、キョン。恋愛《れんあい》感情なんて病気の一種だと思ってるけど、人の恋路《こいじ》を面《おも》白《しろ》がって邪魔《じゃま》するようなことはしないわよ。幸せの基準なんて人それぞれなんだもの」

中河に好かれて長門が幸せになるかどうかは解らないけどな。

「あたしから見て不幸のどん底にいるような人だって、その人自身が自分は幸せだって思っているのなら幸せなのよ」

俺は肩をすくめてハルヒの一言多い恋愛論を受け流した。申しわけないが朝比奈さんにろくでなしの恋人ができるようなことになって、いくら朝比奈さんが幸せそうにしていたとしても俺は心中穏《おだ》やかでいられる自信がないね。真剣《しんけん》に恋路を邪魔する振《ふ》る舞《ま》いに及《およ》ぶかもしれん。しかしそんな俺を誰《だれ》が責められようか。

「お友達、平気だといいですね」

朝比奈さんはモコモココートの前で手を合わせ、真面目《まじめ》に祈念《きねん》する表情である。決してツクリではない。かように誰にでもお優《やさ》しいお人なのだ。朝比奈さんに祈《いの》られたら、たとえ全身打撲《だぼく》の複雑骨折だったとしても三十分で治る。だから中河も大丈夫《だいじょうぶ》だ。

やがて到着《とうちゃく》した救急隊員たちの手によって中河は救急車の中に運び込まれた。割れ物注意シールが貼《は》ってある段ボール並みに慎重《しんちょう》な扱《あつか》われようで。

手際《てぎわ》よく中河を搬入《はんにゅう》し、後部ドアを閉じるが早いかサイレンが復活して発車、目に痛い光を振りまきながら赤色回転灯が遠ざかっていく。

「…………」

普段《ふだん》より無口度が五割増しになっている今日の長門、黒曜の瞳《ひとみ》が走り去る救急車を見る様は、あたかも肉眼で赤方偏移《へんい》を確認《かくにん》しようとしているかのようだった。

さて、どうする？

長門への中河プレゼンテーションは当事者の退場をもって中止を余儀《よぎ》なくされたわけだが、再開された練習試合を最後まで見届けるのも気が進まない。なにしろ寒すぎるうえに当初の目的が中絶されてしまったのだから俺たちがここに立っている理由は二次的なものに過ぎず、本来の一次的目標はそろそろ病院に到着した頃《ころ》だろう。

「あたしたちも病院に行けばいいじゃん」

と言い出したのはハルヒである。

「当初の目標が病院行きなんだから、そこに行けば話は続くわよ。心配した有希がお見舞《みま》いに行くってシナリオね。あんたの友達も感激するわ。それに病院なら暖房《だんぼう》も効いてるでしょ。どう、これ？」

さも素晴《すば》らしい思いつきのように言うのはいいが、俺はとうぶん病院の門をくぐりたいとは思わない。ハルヒと出会って以来、俺のトラウマは増すばかりである。

「あんた、友達が気にならないの？　言っとくけど、あんたが救急車で運ばれたときはあたしは心配してあげたわよ。あくまでそれなりにだけどねっ」

俺の腕《うで》をぐいぐい引っ張りながらハルヒはぶっきらぼうな口調で、

「みんなに迷惑《めいわく》かけたんだから」

俺を伴《ともな》って歩き出したハルヒだったが、数歩進んで立ち止まる。

「ところで、あの救急車はどこの病院に行ったの？」

俺に聞かれても知らん。

「僕が調べますよ」

携帯《けいたい》電話をかざした古泉が微笑《ほほえ》みつつ請《う》け合った。

「しばしお待ちください。すぐにすみますので」

古泉は俺たちに背を向け、何歩か離《はな》れてからボタンをプッシュ、小声で囁《ささや》いたり相手の声に耳を傾《かたむ》けていたりしたが、ものの一分強で携帯をしまった。笑顔を俺たちに向けて、

「搬送先《はんそう》が解りましたよ」

　どこにかけたのか知らないが119番でないことは賭《か》けてもいいな。

「僕たちがよく知っている病院です。道順を説明するまでもないでしょう」

　怒濤《どとう》のような予感が押し寄せ、シーツの白さとリンゴの赤が俺の目の奥で蘇《よみがえ》る。古泉は俺に華《はな》やかな笑みをくれると、

「ええ、そうです。この前まであなたが入院していた総合病院ですよ」

　お前の叔父《おじ》の知り合いが理事長をやってる、ということになっているあそこか。俺は古泉を睨《にら》みつける。偶然《ぐうぜん》の仕業《しわざ》なんだろうな、それは。

「偶然です」

　俺のワニ目にクスリ笑いを漏《も》らしてから、

「いや、本当に。奇遇《きぐう》ですねえ。まったく、僕も驚《おどろ》いていますよ」

　いまいち信用ならんからその笑顔も信頼性《しんらい》皆無《かいむ》だ。

「じゃ、その病院まで行きましょ。どっかでタクシー拾えない？　五人いるんだし、割り勘《かん》なら安くつくわ」

　さっそく仕切り始めるハルヒだったが、

「涼宮さん。僕はそろそろ今度の雪山について打ち合わせをしたいと考えていましてね。お見舞いはこちらのお二人に任せて、朝比奈さんと僕とでその件について詰《つ》めて

おくのはいかがです？　明確な日程とか持っていく荷物とか、細部のツメが未定ですから。細かなスケジュールもそろそろ最終案を出しておかないと」

古泉のセリフを聞いてたたらを踏《ふ》んだ。

「え、そうなの？」

「そうです」

古泉は嚙《か》んで含《ふく》めるように、

「大晦日《おおみそか》はもうすぐそこですよ。年越《としこ》しを雪の山荘《さんそう》で過ごそうという一大イベントです。本当なら今日はＳＯＳ団冬合宿のミーティングに充てたいくらいだったのですが、こうして予定外のことが入ってしまいましたからね」

悪かったな。

「いえ別に。その代わりと言っては何ですが長門さんはあなたにお任せしますよ。取り急ぎ病院に駆《か》けつけてお二人で中河氏に対面を果たしてください。そこでの出来事もあなたの判断で、いかようにもどうぞ。僕と涼宮さんと朝比奈さんはいつもの喫茶《きっさ》店《てん》にいますから、その後で来てください……ということでどうでしょう、涼宮さん」

んー、とハルヒは唇《くちびる》をウネくらせていたが、

「ううん、そうねえ。あたしが病院行ってもしょうがないのは確かよね。キョンの友達が興味あるのは有希だけなんだもんね」

少し拗《す》ねたような顔をする。

「いいわ、キョン。有希と一緒《いっしょ》に友達を見舞ってあげなさい。あんなラブレターをよこすヤツだもの、有希を見れば五秒で元気ハツラツになるわ」

そこでハルヒは俺に指を突《つ》きつけ、

「でもね！　ちゃんと後で全部スッキリ報告するのよ！　いいわね!?」

怒《おこ》り笑いのような表情で言った。


つうこって、集合地点にバスで戻《もど》ってきた俺たちはここで二派に分かれることになった。俺と長門はバスを乗り継《つ》いで私立の総合病院へ、ハルヒ以下の三人は近くの喫茶店に常連客をやりに。

長門がまったく振《ふ》り向かないので俺が一念発起《ほっき》して振り向いてやると、ハルヒたち三人も同じように振り返ってて、ジェスチャークイズのような真似《まね》をしながら歩き去っていった。何のボディランゲージなんだといぶかしく思うのも早々に、俺は冷たい雰囲気《ふんいき》をダッフルコートにまとわりつかせた道連れに顔を向けた。

さてさて——。

簡単に言おう。気になることが磯辺《いそべ》のフジツボ並みに俺の心臓に付着している。長門に一目惚《ひとめぼ》れした中河がここぞと言うときに都合よく負傷したりするのも気がかりだが、古泉が待ち合わせ場所で言った「あなたもよくよく妙《みょう》な友人を……」の『よくよく』の部分がさらに気にかかる。俺は変態的な特質を持つ友人に心当たりはあまりない。強《し》いて言えば古泉くらいしか該当《がいとう》しない。いったいヤツは中河の何を指して『妙』などと表現したのか。

それにプラスして長門が呟《つぶや》いた謎《なぞ》の呪文《じゅもん》。中河の事故が起こったのはその直後で、どれだけ鈍《にぶ》い頭脳の所有者でも、いままでのパターンさえ記憶《きおく》していれば何かあると思うのは当然の流れだろう。そう、俺がリリーフエースをやって三者連続三振《さんしん》を記録できる程度には長門は芸達者なのだ。

「……………」

長門はフードの奥《おく》に顔を引っ込めて語ることはないが、その答えはすぐに明らかになる。

受付で事務員に尋《たず》ねたところ、中河はすでに治療《ちりょう》と検査を終えて病室に移動しているとのことだった。大事には至ってないが検査入院ってことになったらしい。俺は背《はい》後霊《ごれい》のようについてくる長門を伴い、教えられた病室へと通路を進んだ。

さすがに病室まではカブっておらず、中河がいたのは六人部屋である。

「中河、元気か」

「おお、キョン」

水色の病院服を着てベッドに横たわる元同級生がいた。見たところどうもないようで、中河はスポーツ刈《が》りの頭もそのままに昼寝《ひるね》から覚めたパンダのように身体《からだ》を起こし、

「ちょうどよかった。さっき検査が終わったところなんだ。様子見で一泊《いっぱく》することになった。落ちたときは頸《くび》をやっちまったかと吐《は》き気がしたが軽い脳震盪《しんとう》ですんだとも。コーチには電話を入れて明日には退院できそうだからわざわざ来ることもないと――」

喋《しゃべ》っているうちに俺の背後霊に気づいたようだ。極限まで目を見開いて、

「そちらの方は……ま、まさか……」

まさかも何もない。

「長門だよ。長門有希。喜ぶだろうと思って連れてきた」

「おおおっ……！」

中河は屈強《くっきょう》な体軀《たいく》をベッド上で弾《はず》ませ、いきなり正座した。元気そうで何よりだ。このぶんでは頭の中も無事だろう。

「中河ですっ！」

怒号《どごう》のような自己紹介《しょうかい》だった。

「中原中也《なかはらちゅうや》の中に黄河《こうが》の河で中河です！　以後お見知りおきを！」

将軍に初めて目通りした外様《とざま》大名みたいな平伏《へいふく》ぶりである。

「長門有希」

笑わない声が淡々《たんたん》と名前を告げた。ダッフルコートを脱《ぬ》ごうともせず、フードすらかぶったままだ。見かねて俺は頭を覆《おお》うフードをつまんで背中に垂らしてやった。わざわざ対面しに来たんだ、顔くらい見せてやってももったいなくはない。

長門は何も言わずに中河のほうけた顔を凝視《ぎょうし》し続け、十数秒が経過したあたりで、

「うん？……あー」

中河のほうが何故《なぜ》か怪訝《けげん》な表情へと変化した。

「長門さん……なのですね」

「そう」と長門。

「春頃《ごろ》にキョンと一緒に歩いていた……？」

「そう」

「駅前のスーパーでよく買い物を……？」

「そう」

「そうなの……です……か……」

中河は顔を曇《くも》らせる。泣いて喜ぶか感激で卒倒《そっとう》するかのどちらかだと思っていたの

に、なんだ、この歯切れの悪い雰囲気は。

長門が中河を見る目は、水族館で動かないカレイを見るような感じだったが、中河の長門を見る目も道端《みちばた》でマンホールのフタを見てるような気配がした。

そうやって微妙《びみょう》な見つめ合い合戦もすぐに破綻《はたん》し、先に目を逸《そ》らしたのはやっぱり中河だった。

「……キョン」

小声のつもりだろうが同室の入院患者《かんじゃ》にも丸聞こえだろ。しかし人目をはばかるように指をちょいちょいと動かして俺を呼ぶ仕草を無視してのけるわけにもいくまい。

「何だよ」

「ちょっと……その、お前と二人で話したい。でだな、その……あれだ」

ちらちらと長門を窺《うかが》う目線で解《わか》る。長門に聞かれたくないようなことを言いたがっているらしい。

俺が長門へ向き直る前に、

「そう」

以心伝心というわけでもなかろうが、長門はすっと身体を返すと、ベルトコンベアで運ばれているような足取りで病室から出て行った。

中河はスライドドアが閉じられたのを見て、ふっと息をつき、

「あれは……本当に長門さんか。本物の？」

ニセ長門にはまだお目にかかっていない。変質した本人には出会ったことがあるが、それも終わった話である。

「喜べよ」と俺は言った。「お前の十年後の花嫁《はなよめ》候補が来てくれてんのに、もっと感激したらどうだ」

「うう……むむ」

中河はひとしきり唸《うな》るようにうつむいて、

「長門さん……だよな。間違《まちが》いなく。双子《ふたご》でもそっくりさんでもないのだな」

何を言ってやがる。眼鏡《めがね》がないとダメとかいうことじゃないだろうな。お前は最近にも長門と遭遇《そうぐう》したんだろう？　なら長門は俺の要請《ようせい》通りにグラスレスだったはずだ。眼鏡フェチだから今のはダメだなんてイイワケは聞きたくないぞ。

「そうじゃない」

中河は思い悩《なや》んでいる顔を上向けた。

「うまく言えない……。ちょっと考えさせてくれ、キョン。すまないんだが……」

それっきり中河はベッドに座り込んだまま呻吟《しんぎん》し始めた。やはり頭を打ってどこかおかしくなっちまったのか？　反応が不可解過ぎるし話も続かない。何を言っても「ううむ」と上の空だし、一心不乱に考え事をしているようでもある。最後のほうは頭痛を堪《こら》えるように頭を押さえだしたので、これはいかんと俺も退室することにした。

「中河。そのうちわけを詳細《しょうさい》に聞かせてもらうぞ。このままじゃあ――」

俺がハルヒに報告する内容も完全に空疎《くうそ》なままになってしまう。事実を伝えてもハルヒが目の端《はし》を吊《つ》り上げるだけの結果が待ち受けていることだろう。

病室を出ると、長門は廊下《ろうか》の壁《かべ》に背を付けるようにして待っていた。俺に黒ビー玉みたいな目を向け、また床《ゆか》に落とす。

「行くか」

小さくうなずいて、長門はおとなしく俺の背後霊に戻《もど》った。

――何だったんだ、いったい。

無口を保つ長門の前をハンミョウのように歩きながら、俺はバスターミナルへと急ぎ足で向かった。


その後の喫茶店《きっさてん》での一幕は語るべきこともないいつもの情景だった。冬休み旅行の日程表を広げたハルヒが声高らかに何か言っていて、うなずきマシーンとなった古泉が無難な相づちをうちまくり、朝比奈さんは美味《おい》しそうにダージリンティーのカップにちびちび口をつけ、俺は憮然《ぶぜん》と、長門は黙々《もくもく》と意見を求められることのない聞き役に徹《てっ》していただけだ。

支払《しはら》いを割り勘《かん》で終え、今日のSOS団課外活動はこれにて終了《しゅうりょう》。自宅に戻った俺を待っていたのは、

「あ、キョンくんー、いいところに帰ってきたよ。電話ー」

片手に電話子機、片手にシャミセンをぶらさげた妹の笑顔《えがお》だった。俺は電話とシャミセンの両方を受け取って自室に引っ込んだ。

予想していた通り、電話の主は中河だった。


『非常に言いにくいのだが……』

病院の公衆電話からかけていると断った上で、中河は言葉通りに言いにくそうなニュアンスを声にこめながら、

『結婚《けっこん》の約束を解消したい、と彼女に伝えてもらえないだろうか』

多重債務《さいむ》に苦しむ中小企業《きぎょう》の社長が支払い日の延長を申し込んでいるような声だった。

「わけを言ってもらおうか」

俺は機嫌《きげん》の悪い債権《さいけん》者が無策な経営者に対面したような声で、

「一方的に二人の世界を夢描《えが》いておいて、たった一日で破棄《はき》するつもりか。お前の半年間は何だったんだ？　長門と間近で会った途端《とたん》に心変わりかよ。説明の状況次第《じょうきょうしだい》で俺のお前への対応も変わってくるぞ」

『すまない。俺にもよく解《わか》らないのだが……』

本心からすまながっているように中河は言う。

『病院に駆《か》けつけてくれたことはとても嬉《うれ》しい。感謝したい。だが、その時俺は長門さんに以前の光やオーラを感じることができなかった。どこにでもいそうな普通《ふつう》の女の子に見えた。いや、どう見ても普通の女の子だった。いったいどういうわけなのか俺にも不思議だ』

俺は長門の無情を思わせる顔を思い描いた。

『キョン、あれから考え続けていたんだが、何とか思いついた結論は一つだけだ。俺は長門さんに一目惚《ひとめぼ》れしたのだと思っていた。しかし今ではそんな感情がどこにもないんだ。ということは、俺は手ひどく間違ってしまったんだとしか思えないんだ』

どこで間違ったんだって？

『一目惚れ自体が間違いだった。冷静に考えたら見ただけで恋《こい》に落ちることがあるとも思えない。俺はずっと勘違《かんちが》いをしていたらしい』

ほう。では中河、お前が長門に見たという後光やエンジェルズラダーや落雷《らくらい》の衝撃《しょうげき》ってのは何だったんだ。見るだけで硬直《こうちょく》しちまうっていう妙《みょう》な現象は？

『解らん』

中河は百年後の今日の天気を予想せよと言われた気象予報士のように、

『見当もつかない。今となれば、すべて気のせいだったとしか……』

「そうかい」

ぶっきらぼうに言いながらも中河を責める気は毛頭なかった。実のところそんなに驚《おどろ》いてもいない。だいたい予測した通りに物事は進んでいたからだ。最初に中河の妄《もう》言《げん》を聞かされたときから、俺はこうなるんじゃないかと思っていた。

「よく解ったよ、中河。長門にはそう伝えておく。あいつなら気を悪くしたりはしないさ。もともと乗り気じゃなかったみたいだからな。一瞬《いっしゅん》で忘れてくれる」

溜息《ためいき》のような呼気を受話器が吐《は》き出し、

『そうか。だと、ありがたい。くれぐれも申し訳ないと謝っておいてくれ。どうかしていたよ』

きっとそうだろう。疑問の余地もないほど中河はどうかしていた。で、今は正常値に戻っている。誰《だれ》かが状態回復系の呪文《じゅもん》をかけてくれたのかもな。

そこから俺と中河は適当な四方山《よもやま》話をとってつけたようにして、そろそろテレカの残高がなくなりそうだといったところで互《たが》いに別れを告げた。まあ、またどっかで会うこともあるだろう。

電話を切った俺は、すぐさま別の番号にコールした。

「今すぐ会えるか?」

電話に出た相手と落ち合う場所と時間を指定しながら、俺はすでにマフラーとコートを拾い上げていた。コートの上で寝《ね》そべっていたシャミセンがコロコロと絨毯《じゅうたん》を転がって俺に非難の目を向けた。

昨日は厄日《やくび》、そしてあっち行きこっち行きを繰《く》り返して多忙《たぼう》を極《きわ》めた本日もこれでようやく終わりそうだ。


ママチャリを走らせて行った先は、変わり者の聖地として俺にはお馴染《なじ》みになっている、長門のマンション近くの駅前公園だった。五月初めに長門に呼び出されたのもここだし、朝比奈さんに連れて行かれた三年前の七夕で目覚めたのもここだ。つい先日にも俺は二度目の時間遡行《そこう》で朝比奈さん(大)と並んで座った。思い出すね。ありし日の追憶《ついおく》ってやつをさ。

入り口付近に自転車を止めて公園内に踏《ふ》み込む。

その思い出ベンチに腰《こし》掛けて待っていたのは、ダッフルコートをサンドピープルみたいに着込んだ人影《ひとかげ》だった。そこだけ外灯に照らされて闇《やみ》から浮《う》き上がっているかのように見える。

「長門」

俺はまっすぐ見つめてくる小柄《こがら》な仲間に声をかけた。

「急に呼び出してすまなかったが、中河の心変わりはさっきの電話で言ったとおりだ」

長門は自然な挙動で立ち上がり、うつむき加減に呟《つぶや》いた。

「そう」

俺は長門の黒目を見据《みす》える。

「そろそろタネ明かしといこうぜ」

自転車をけっこうな速度で飛ばしてきたから身体《からだ》は暖まっている。冬の夜空の下でも当分は気力のほうも保《も》ちそうだった。

「中河がお前に一目惚れしたまでは俺も納得《なっとく》できる。そういうヤツも中にはいるだろうさ。だがな、今日になって突然《とつぜん》あいつが心変わりしちまったってのはどうにも不自然だ。おまけに今日の試合……、負傷して病院に運ばれた中河が、まるでそのせいだったみたいにお前への恋愛《れんあい》感情を無くしたのも偶然《ぐうぜん》とは思えない」

「…………」

「何か細工しただろう。お前が試合中に何かしでかしたのは解ってる。中河のあのアクシデントを演出したのは、お前だ。違うか？」

「そう」

あっさりと答え、長門は面《おもて》を上げて俺に視線を向けた。そして、

「彼はわたしを見ていたのではない」

論文を読むような口調で、

「彼が見ていたのは、わたしではなく情報統合思念体」

俺は黙《だま》って聞いている。長門は同じ声で続けた。

「彼はわたしという端末《たんまつ》を通じて情報統合思念体とアクセスする超《ちょう》感覚能力を持っていた」

吹《ふ》きつける風で耳が痛くなってくる。

「彼には自分の見たものが理解できなかっただろう。有機生命に過ぎない人間と情報統合思念体では意識レベルが違《ちが》いすぎる」

……後光が差しているのが見えた。まるで天国から地上に差し込む光のようだった——と中河は表現していた。

長門は無感情に解決編を語り続ける。

「おそらく彼はそこに超越《ちょうえつ》的な叡知《えいち》と蓄積《ちくせき》された知識を見たのだろう。読みとれた情報が端末を媒介《ばいかい》した片鱗《へんりん》でしかなかったとしても、その情報圧は彼を圧倒《あっとう》させたと思

われる」

勘違い、か。俺は不揃《ふぞろ》いな長門の前髪《まえがみ》を眺《なが》めながら嘆息《たんそく》した。中河が長門の内面だと感じたシロモノは、実は情報統合思念体の一端だったらしい。俺だって詳《くわ》しくは知らないが、長門の親玉は人類とは比べものにならない歴史とか知識量とかヘンテコな力を持っている。そんなもんにうっかりアクセスした日には、なるほど確かに茫然自《ぼうぜんじ》失《しつ》してもおかしくはない。ブラクラを踏んづけてパソコンがフリーズするようなものだ。

「中河はそれを恋だか愛だかと錯覚《さっかく》したんだな」

「そう」

「お前は……あいつのその感情を修正したんだ。アメフトの試合中だな」

うなずきを返すザンバラなおかっぱ頭。

「彼が持っていた能力を解析《かいせき》し、消去した」

と、長門は答え、

「情報統合思念体に接続するには個人の脳容量は少なすぎる。いずれ弊害《へいがい》が顕在化《けんざいか》すると予想した」

それは解《わか》る。長門を一瞬見かけただけで忘我《ぼうが》していたという中河のリアクションもさることながら、半年以上経《た》ってから十カ年計画を滔々《とうとう》と述べ出すようなイカレ具合だからな。放《ほう》っておいたらどこまで暴走するか想像するのも恐《おそ》ろしい。

だが、解らないことだってまだあるぞ。

「どうして中河にそんな力があったんだ？　お前を通じて情報統合思念体を見ちまうような、そんな特殊《とくしゅ》技能がもともと中河にあったのか？」

「彼がその能力を得たのは、おそらく三年前」

やっぱりそこに戻《もど》るのか。長門や朝比奈さんや古泉がここにいる理由、その原因を作った三年前に起こった何か。いや、ハルヒが起こしたらしい何かが……。

ここで俺は気づいた。

超感覚能力と長門は言った。だとしたら……そうか。ひょっとしたら、中河は今の古泉のような超能力者候補だったのかもしれない。三年前の春頃《ごろ》、ハルヒは確かに何かをやりやがった。時空の断裂《だんれつ》を発生させたり情報を爆発《ばくはつ》させたり超能力者を発生させたりという得体の知れん何かをだ。だとしたら中河が今の古泉のような立場にいてもおかしくはなかったのだ。古泉のいわくありそうな態度もこれで理解できる。すでに知っていたのか昨日今日で調べたのかはともかくとして、あいつは中河の持っている半端《はんぱ》な能力に気づいていたに違いない。それで『妙《みょう》な友達』なんてことを俺に言いやがったのだ。

「かもしれない」と長門。

あるいは……、俺は肉体的なものだけではない寒気を感じた。何も三年前の一時期に限定することはない。もしかしたらハルヒは今でも継続《けいぞく》して超自然的な影響力《えいきょう》を他人に与《あた》え続けているのか？　秋に桜を咲《さ》かせたり神社の鳩《はと》をリョコウバトに変化させるような、そんな何かを。周囲の人間たちに。

「…………」

ぼんやりと棒立ちしていた長門は答えず、それどころか話はすんだとばかりに歩き始めた。同じく突《つ》っ立ったままの俺の横をかすめて、成仏《じょうぶつ》を決意した浮遊霊《れい》のように宵闇《よいやみ》に溶《と》け込もうとしている。

「待ってくれ。一つだけ訊《き》いていいか？」

その後ろ姿に言葉で形容できない何かを感じて俺は声を飛ばした。

長門に一目《ひとめ》惚《ぼ》れして恥《は》ずかしい伝言を俺に託《たく》した中河。俺の知る限り長門にあそこまで直接的な愛の言葉を吐《は》いたのは中河が最初のはずだ。昨日、部室で俺が読み上げたプロポーズの文句を聞いて、こいつはどう思っただろう。お前が好きだと熱烈《ねっれつ》な告白を受け、将来をともに過ごそうと言われ、そして結局は勘違《かんちが》いの賜物《たまもの》だったと解って何を感じただろうか。

そんな疑問が俺の胸中を満たし、ついつい言葉となって唇《くちびる》からこぼれ出た。

「残念だったか？」

最初の出会いから半年以上、共有する思い出がいくつもある。それはハルヒも朝比奈さんも古泉も同じだが、長門が絡《から》んでいた事件は特に多くてほとんどすべてだったと言えるし、ついでに最も内面の振《ふ》り子が大きく振れていると思えるのもこいつだった。ハルヒなら何かあっても自力で何とかする。朝比奈さんはあのままでいいし古泉はどうでもいい。だが――

言わずにいられなかった質問を俺は発する。

「告白が間違いだったと解って、少しは残念だと思わなかったか？」

「…………」

長門は立ち止まり、かろうじて振り向いたと形容できる程度に首を横向けた。不意をつくように舞《ま》った風が、さらりとした長門の髪《かみ》を散らして横顔を隠《かく》す。

冷え切った夜の風は俺の耳を切るように吹いている。しばらく待っていると、静かで小さな言葉が風に乗って届けられた。

「……少しだけ」

猫はどこに行った？

一年の最終時点に向けてひたすら漸近《ぜんきん》していた冬休みの中盤《ちゅうばん》、本来なら俺たちは古泉とその一味が協力して編み出した推理ゲームを楽しむことになっていたのだが、鶴屋さんの別荘《べっそう》についたその日に例の白昼夢みたいな謎屋敷《なぞやしき》にさまよい込むことになってしまい、おまけに長門がスキー場で倒《たお》れるというハルヒ大騒《おおさわ》ぎな事態まで引き起こしてしまった。

幸い、通常空間に復帰した長門はすぐさま状態を回復したが、ともあれバタバタしてたのが大晦日《おおみそか》イブで、カレンダー的には十二月三十日だ。

明けて次の日、つまり大晦日。

予定通り、かねての計画が実行される運びとなった。夏休みに孤島《ことう》に行った際、古泉がやらんでもいいのにやりやがったサプライズイベント、着地に失敗した推理ゲームのウインターバージョンである。前回と違《ちが》うのは最初からゲームであることがバレになっている点だが、この合宿旅行のメインイベントは実はこれだったのだ。雪山での遭難《そうなん》とか、幻《まぼろし》の館《やかた》とか、偽者《にせもの》丸出しの朝比奈さんとか、オイラーさんのナントカ定理とか、熱出して昏倒《こんとう》する長門なんてのは誰《だれ》の予定にもなく誰も望んでいないインシデントだった。実際にハルヒ的にはなかったことになっているのでアレを仕組んだ何か解《わか》らん野郎《やろう》には一言ザマミロと言ってやりたい。長門だけではダメだとしても、そこに俺と古泉——朝比奈さん（小）は微妙《びみよう》だが——あたりが加わればなんとかなるんだ。それに今俺たちがいる別荘には、なんだかタダ者ではなさそうな鶴屋さんと古泉の組織仲間までいる。これでなんともならないほうが不自然だぜ。

てなわけで。

ようやくSOS団的な、というかハルヒ的な行事が事前の準備に従って始まろうとしている。

一年の終わりが果たしてこれでいいのかという疑問はぬぐい去れないものの、そんな疑問を感じているのも俺だけらしいので少数派はむなしく口を閉《と》ざすのみさ。

ちょいと確認《かくにん》しておくと、今回の登場人物は俺、ハルヒ、長門、朝比奈さん、古泉、鶴屋さん、妹、三毛猫《みけねこ》シャミセン、森《もり》さん、新川《あらかわ》さん、そして今日になってから来るはずの多丸圭一《たまるけいいち》さんと裕《ゆたか》さん兄弟だ。

ハルヒ言うところの古泉主催《しゅさい》ミステリツアー第二弾《だいにだん》が始まろうとしていた。

大晦日の朝。森さんと新川さんが作ってくれた朝食をたいらげた後、俺たちは鶴屋家別荘の一階に集合した。そこは吹《ふ》き抜《ぬ》けになっている共有スペースである。まるで能か狂言《きょうげん》をするために設《しつら》えられた檜舞台《ひのきぶたい》じみた二十畳《じょう》くらいのフローリングに、八人くらいは余裕《よゆう》で着ける大きな掘《ほ》りゴタツが設置されている。ようは泊《と》まり客が自由に集まってわいわいするための空間だ。当然床暖房《ゆかだんぼう》付きで、壁《かべ》の一角にある静音性にすぐれたファンヒーターも温風を吐き出してくれているから、共有スペースと通路を遮《さえぎ》るようなものが何もなくとも暖かい。

窓から見えるスキー場上空はエアブラシで青インクを吹き付けたアクリル板のような快晴を誇《ほこ》っていたが、本日のスノースポーツは一切《いっさい》が禁止されていた。

「有希がまだちょっと心配だから、今日は家ん中で遊んでることにする」

という禁スキー令がハルヒの口から発布されたからである。もっとも長門本人はすでに普通《ふつう》に無表情な顔をして、看病のごり押しをしようとするハルヒに「なんともない」と言うことすらあったのだが、一度決定された団長の決意は翻《ひるがえ》ったりしない。

「いいから！　最低でも今日は外出ちゃだめよ。あたしが完治を見極《みきわ》めるまで、激しい運動と精神が高ぶるようなこともしてはいけないからね。いい？」

長門はハルヒのむやみにデカい目をじっと覗《のぞ》き込んでから、勢揃《せいぞろ》いしている俺たちにも視線を向けた。自分はかまわないがあなたたちはどうなのか、と問いかけているように見えたのは俺だけではないようで、

「長門さんを一人で残して出てしまうのも気がかりです。僕は賛成ですよ。一人を救うために全員が命運をともにする……、なかなか美しい話ではないですか」

古泉が爽《さわ》やかに言って、正団員でないはずの鶴屋さんと妹も快く受け入れた。妹の両手にぶら下がっているシャミセンの意見は不明だが、何も言わなかったところを見ると文句だけはないらしい。

「予定を繰《く》り上げましょう」と古泉は窓に視線を走らせて、「本当は夜に始めて午前零時前に終了《しゅうりょう》する予定でしたが、もっと早めてもいいですね」

今すぐ始めるわけにはいかんのか。うずうずしているハルヒの目の輝《かがや》きに俺の視神経細胞《さいぼう》がやられる前にさ。

「実は雪が降り出してからでないと少々都合が悪いのです。予報では昼以降に雪となっていますから、それまでお待ちください」

猫が要《い》ると聞いていたから俺はくそ重いシャミセンを持ってきたんだが、雪が降らないと困るってのはどういうことだ。雪ならそこら中に積もりまくっているだろうが。

「降り続いている状況《じょうきょう》が必要なのです。いえ、これ以上はまだ言えません。いわゆるトリックに関《かか》わってくるものですから」

そう言って古泉は妹の腕《うで》で大人しくしている三毛猫を見て微笑《ほほえ》み、ヒーターの横に置いていたリュックサックを持ってきて、

「こんなこともあろうかと、各種ゲームを用意しておきました。丸一日は室内で遊び続けることができますよ」

少しは期待していたのだが、次々と現れたのはアナログなボードゲームだった。ひょっとして、古泉は電子機器が嫌《きら》いなのか？

俺たちは遊んでりゃいいとして、気になるのは森さんと新川さんである。昨日から完全な執事《しつじ》兼《けん》料理長として別荘内のすべてを取り仕切る新川さんに、かいがいしく奉《ほう》仕《し》してくれるメイドの森園生《その》さんだったが、その正体は古泉の所属する謎のハルヒ監《かん》視《し》組織『機関』とやらの一味である。

昨晩、二人のあまりの使用人ぶりに、少しは料理やら片づけやらを手伝ったほうがいいかと気にしてみたところ、

「いえ、結構でございます」

丁寧《ていねい》に拒否《きょひ》する二人組だった。

「これが私どもの仕事でございますれば」

あれ？　この人たち、本当の執事とメイドさんだったたっけ？　そのフリをしている古泉の組織仲間が本職であってたよな。

俺の疑念を感じたのか、新川さんは営業用の仮面を取り外した笑顔を作り、

「職業訓練のたまものでございます」

と、俺に言い、そんなわけで共有スペースにはお二人の姿はない。今も厨房《ちゅうぼう》でいそがしく働いておられるだろう。

さらなる正体不明の残りの二人、バイオか何かで一山当てて孤島を買い取るくらいの多丸圭一さんとその弟の裕さんが登場したのは、ハルヒがボードゲームで人生の頂点を極め、億万長者となって俺たちを債務《さいむ》まみれにした後、昼食が終わって腹ごなしにバツゲームを賭《か》けた神経衰弱《すいじゃく》大会をしていた午後二時頃《ごろ》だった。

俺たちのいる共有スペースに、出迎《でむか》えに行ってた新川さんに案内されて彼らはひょっこりと顔を見せた。

「雪のせいで列車のダイヤが遅《おく》れていてね、朝には来るはずだったんだが」

どう見ても普通のオッサン、多丸圭一さんは夏と変わらぬ人のよさそうな笑顔だった。

「やあ、皆《みな》さんお久しぶり」

こちらは見るからに好青年な多丸裕さんが、古泉を上回りそうな快活な笑みで手を振《ふ》り、次に鶴屋さんに、

「はじめまして多丸です。ご招待ありがとう。鶴屋家の別荘に招かれるとは光栄だな」

「いいって、いいって！」

鶴屋さんはかるーく言った。

「古泉くんの知り合いで、余興してくれるってんだから全然いいよっ。あたしはそんなんが大好きだ！」

どんな相手でも初対面から十五秒で仲良くなってしまえる鶴屋さんである。おそらく朝比奈さんのクラスでもこんな感じなのだろうな。その二年のクラスにいる男子がうらやましくなってくるじゃないか。

すかさず、森さんと新川さんが多丸兄弟に頭を下げた。

「ようこそ、いらっしゃいました」

「まさか冬にも世話になるとはね」と圭一さんが苦笑い。「よろしく頼《たの》む、新川」

「昼食はいかがなさいますか」

森さんが薄《うす》い微笑みで問いかけ、裕さんが答えた。

「電車の中で食べたからいいよ。まずは部屋に荷物を置いてきたいね」

「かしこまりました。荷物は私がお運びしましょう」

新川さんが丁寧にうなずき、ふと古泉に目配せした。

「では皆さん」

立ち上がった古泉は、結婚式《けっこんしき》の司会者のように、

「宴《えん》もたけなわですが、これよりゲームを始めたいと思います。多丸さんたちは着いたばかりで申しわけありませんが」

古泉にしてはやや笑《え》みが硬かった。うまくやる自信がないのか、それともよほどマヌケなオチが待っているかだな。

「あらかじめお断りしておきますが、殺されるのは圭一さんだけです。連続殺人に発展する予定はありません。そして犯人も一人です。複数犯の可能性はないと考えてください。動機は考慮《こうりょ》しないでいいでしょう。意味がありませんから。もう一つ、今から——」と壁掛《かべか》け時計を指差し、「——つまり午後二時から三時までの間、新川さんと森さん以外の方々はこの共有スペースから動かないでください。裕さんもこの場にいてください。所用がありましたら今のうちにお願いします。皆さん、いいでしょうか」

全員がうなずいた。

「二時ジャストまで、あと七分ありますがよろしいですね。それでは始めます」

古泉がうなずきかけたのは、多丸圭一さんへであった。

「では」

夏に続いての死人役、全員の注目を浴びた圭一さんは、照れくさそうに頭をかきながら立ち上がって、まるで俺たちに言い聞かせるように言った。

「私の部屋は母屋の外にある小さな離《はな》れなんだったね」

「はい。ご案内します」と森さん。

「しばらく仮眠《かみん》をとらせてもらうよ。実は朝がけっこう早くてね、やや睡眠《すいみん》不足なんだ。風邪《かぜ》気味かな、鼻の調子もあまりよくない」

「そういえば、圭一さんは猫《ねこ》アレルギーでしたね。そのせいではないでしょうか」

いくら芝居《しばい》だとは言え芝居じみすぎているな。

「かもしれないね。ああ、気にしなくてもいい。そんなに重度のものではないんだ。狭《せま》い部屋で一緒《いっしょ》にこもっていたら辛《つら》いだろうが、こういう広い空間ならまずまず平気だ」

さらに念を押すように、

「そうだな、四時半頃に起こしに来てくれないか。いいかい、四時半だよ」

「かしこまりました」

森さんはぺこりと頭を下げ、次いで背筋を綺麗《きれい》に伸《の》ばした歩き方で、

「どうぞ、こちらに」

森さんの背を追うように、やたら説明くさいセリフを述べ終えた圭一さんは廊下《ろうか》の奥へと消えた。妙《みょう》に白々しい空気が共有スペースにたなびいている。

「私も、これで。裕さんのお荷物は私が」

新川執事《しつじ》氏が腰《こし》を直角に折り曲げるようなお辞儀《じぎ》をし、鞄《かばん》と上着を手に速《すみ》やかに去っていく。

三人を見届けてから、古泉はまじめくさった咳払《せきばら》いを一つして、

「というわけで序盤《じょばん》はこれで終わりです。三時までこのフロアスペースにて自由にお楽しみください」

「ちょっと待って」

異議申し立てをしたのはハルヒである。

「離れって何？　そんなのあった？」

「あるよ」と鶴屋さんが、「この母屋《おもや》とは別にね、ちっさい建てもんがあるんだっ。あれ、見てなかったっけ？」

「見てないわ。古泉くん、手がかりを隠《かく》しておくのはダメよ。ちゃんと教えてくれてないとさ。みんなで見に行きましょうよ」

「どうせ後で見ることになるのですが……」

早くも予定が崩《くず》れかけ、古泉は微笑《ほほえ》みも弱くなる。しかし時計を見つめてすぐに修正可能と踏《ふ》んだようで、

「解《わか》りました。このくらいなら問題ありません」

「こっちさ！」

鶴屋さんが先頭を切って歩き出した。当然、ぞろぞろとみんなでついていく。シャミセンを抱《かか》えた妹まで来た。この一人と一匹《ぴき》が推理の役に立つとは思えないが。

共有スペースから出ると、そこには中庭に面した通路が待っている。外側の壁《かべ》は透《とう》明《めい》ガラスがはめこみになっているせいで、庭の様子がよく見えた。

いつの間にか雪が降っている。

積雪の具合は膝《ひざ》が埋《う》まるぐらいだろう。どこか日本庭園を思わせる気配を感じさせるが、雪に埋もれているおかげで全面真っ白だ。その白い風景の中に、小さな庵《いおり》みたいな建物がポツンとある。

一分ほど歩いたか、鶴屋さんは庭に出るドアを開いて指差した。

「あれが離れ小部屋。昔はウチの爺《じい》さんが瞑想《めいそう》すんのに使ってたやつさ。人嫌《ぎら》いな爺さんでねっ、母屋の喧噪《けんそう》から逃《のが》れるためとかいっちゃって、ここ来るたびにこもってたよ！　だったら来なきゃいいのにさ、でも誘《さそ》わないとむくれるし、困った爺さんだったな」

どこか懐《なつ》かしく言う鶴屋さんだった。

俺は何一つ見逃《みのが》すまいと観察する。母屋のこのドアから庭の離れまで、渡《わた》り廊下が延びていた。ただし壁などはない吹《ふ》きさらしで、あるのは屋根だけだ。そのため母屋から離れに至る石畳《いしだたみ》の上は雪の侵略《しんりゃく》から守られていた。それも静かに雪の降っている今日のような天候なればこそだろう。猛吹雪《もうふぶき》ならこうもいくまい。

開け放たれたドアから忍《しの》び込む氷点下の大気が室内着の俺たちを凍《こご》えさせた。特にシャミセンが機嫌《きげん》を損《そこ》ね、ぬくい寝床《ねどこ》に戻《もど》ろうとジタバタしている。妹はそんなシャミセンを面白《おもしろ》がり、止める間もなくスリッパのまま渡り廊下に出ると、抱えたシャミセンを積もっている雪に近づけた。

「ほら、シャミー、雪だよー。食べる？」

釣《つ》り上げられたカツオのように暴れたシャミセンは、妹の腕《うで》からジャンプすると、

「うにゃあら」と呻《うめ》いて不機嫌な胸の内を主張し、ダッシュで母屋の奥へ姿を消した。床暖房《ゆかだんぼう》の上で長く伸びに戻ったのだろう。

「あら」

圭一さんの案内を終えた森さんが、ちょうど石畳の上を体重がないような足つきで戻ってきた。年齢《ねんれい》不明な美貌《びぼう》の微笑みが、

「どうかなさいましたか。圭一様なら、あの部屋におられますが」

「それは確か？」とハルヒ。すでに疑っている顔をしている。

「確かです」古泉が答えた。「そういうシナリオですから」

俺たちが共有スペースに舞《ま》い戻ったとき、時計の針は午後二時ちょうどを指していて、古泉はどこか安堵《あんど》したように息をつく。

「もう一度言っておきます。皆《みな》さんは三時になるまでここから移動しないようにしてください。どうしてもというかたは僕までよろしく」

古泉は隅《すみ》に置いていたリュックに近寄ると、またしても中から荷物を出してきた。他《ほか》に出すつもりがあるなら今のウチに出しておけ。

「ん」

ふと気になった。シャミセンの姿が見えない。古泉が荷物を置いている角、ヒーターの近くだが、その吹き出し口前に置かれている座布団《ざぶとん》がここ最近の猫の指定席で、とっくにそこでふて寝しているかと思っていたのに。しかしそんな疑問は、

「その間、これでお楽しみください。涼宮さん、よろしいですか？」

という古泉のセリフによってかき消された。

「そうね」とハルヒはなぜか自慢《じまん》げに、「ちょっと早いかもしれないけど、どうせだからやっちゃってもいいわね。貸して、古泉くん」

手渡された紙袋《かみぶくろ》から、ハルヒは妙なものを取り出した。どうやら絵が描《か》いてあるのが数枚ほど、プラス同数の封筒《ふうとう》だ。その中身と掘《ほ》りゴタツの上に広げられたブツを見て、俺は何とも言えない郷愁《きょうしゅう》を感じ始めた。

「福笑いよ」とハルヒ。「子供の頃《ころ》にやったでしょ？　本当は明日する予定だったけど、時間がもったいないし今しましょ。それにこれはただの福笑いじゃないのよ」

見たら解る。顔の輪郭《りんかく》と言い髪形《かみがた》と言い、それはどう見ても俺たちの顔をかたどった似顔絵だった。目や鼻などのパーツがなくても解るくらい良く描けていた。ハルヒが得意そうな理由がわかったよ。

「あたしが作ったんだからね。手作りよ、手作り。鶴屋さんの分もあるわ。来ると解ってたらあんたの妹さんのぶんも作ってたんだけど、あ、裕さんもゴメン。顔よく覚えてなかったのよね」

「いや、いいよ」と裕さんはごく自然に、「ないほうがいいような気がするんでね」

「かもね」

ハルヒはにやりとして俺たち団員を見回した。

「いい？　自分の顔で福笑いやってもらうわ。やり直しはなしよ。それで、完成した顔は糊付《のりづ》けして部室の壁に掲示《けいじ》することになるから真剣《しんけん》にやんなさいよ。でないと、永遠に変な顔が部員に伝え続けられることになるんだからね」

なんちゅうこと考えやがる。感心してやるべき達者なハルヒの絵心により、福笑いの似顔絵は各自の特徴《とくちょう》をよく捉《とら》えていた。普通《ふつう》に目鼻を並べたら確かにデフォルメされた俺たちの顔が浮《う》かび上がる。それだけに、ちょっと真剣にやらざるをえんな。

しかしこいつ、いつの間にこんなもんを作ったんだ。

「まず、誰《だれ》からする？」

ハルヒの問いに、鶴屋さんだけが勢いよく手を挙げた。

タダ者でなさそうな鶴屋さんも透視《とうし》能力はなかった。タオルで目隠《めかく》しされた彼女は実に見事に笑える自画像を作り上げて、全員の爆笑《ばくしょう》を誘い、完成品を見て自分でも死ぬほど笑い転げた。笑い袋でもここまで笑わんだろうね。

二番手は古泉、如才《じょさい》のないハンサムフェイスもこうなりゃ形無しだ。目隠しを取った古泉は自分の作品を見て情けなさそうな顔をしたが、次に俺の番が待っているとあってはおちおち笑ってもいられない。

なんという緊張感《きんちょうかん》に満ちた福笑いだろうか。俺が気構えを整えていると、

「ちょっと失礼します」古泉が俺に囁《ささや》きかけてきた。「新川さんたちと明日以降の打ち合わせ等がありますので席を外します」

そのままささっと共有スペースから出て行く。何の打ち合わせだか知らんが、今はそれどころではない。部室に飾《かざ》られる俺の似顔絵がどうなるかは、今からの俺の空間把握《はあく》能力によって決定されるのだ。

俺の福笑いは大笑いな結果に終わった。まあいい。ここで無難なものを作って空気がしらけるほうが無粋《ぶすい》ってやつだ。鶴屋さん、ちょっとあなた笑いすぎですが。

俺がタオルを持ってハルヒと鶴屋さんのゲラ笑いを憮然《ぶぜん》として聞いていると、古泉が戻ってくるのが見えた。反射的に時計へと視線が飛ぶ。

午後二時半を少し回ったところだ。

「失礼しました」

何のつもりか、古泉はどこかに行っていたシャミセンを抱《だ》いて戻ってきた。何に利用した？

「いえ、キッチンで森さんにまとわりついていたものですから」

そのまま古泉は三毛猫《みけねこ》をヒーター前の座布団《ざぶとん》に置き、猫は温風を浴びて丸くなる。満腹状態にさせて暖かいところに置くのが猫をおとなしくさせる一番の対策だ。

「どうなりました？」

古泉は俺の横に座って掘りゴタツ上の有様を一瞥《いちべつ》する。鶴屋さんと古泉、俺の似顔絵が妹の手によって糊付けの憂《う》き目に遭《あ》っていた。こんなもんを飾るくらいなら他《ほか》に飾るものがあるだろうが。朝比奈さんのコスプレ等身大写真とかさ。

さらに時間は進み、福笑いは朝比奈さん、長門と続いた。何をしても可愛《かわい》らしい朝比奈さんはビクビクした手でパーツを手探《てさぐ》りし、結果、笑えるものの可愛らしい似顔絵を作り上げ、そして長門は意外にも最もシュールな福笑いを完成させて鶴屋さんをひっくり返らせた。もちろん長門は何が受けているのかさっぱり解《わか》らないような顔をして、じっと自分の愉快《ゆかい》な顔を覗《のぞ》き込んでいる。

そうこうしているうちに、

「皆さん、もうすぐ三時です」

古泉は唐突《とうとつ》に言う。

「ここでいったん休憩《きゅうけい》時間を挟《はさ》みたいと思います。三時から四時まで、またここに居てもらう必要がありますから、トイレ等所用があったら今のウチにお願いします」

俺と長門と裕さん、そして古泉以外の全員がフロアから姿を消した。長門は自分の福笑いをためつすがめつし、裕さんは面白《おもしろ》そうにそんな長門の横顔を見ている。

俺は古泉に向かう。

「事件はいつ起こるんだ？」

「それより窓の外を見てもらえますか」古泉は外を指し、「雪が降っているのが見えるでしょう？　それを覚えておいてください。まあ降ってなくとも降っていたという設定にすればいいのですが、割と好都合ですので」

俺が古泉の緩《ゆる》んだ笑《え》みを眺《なが》めていると、女性陣《じん》四人が戻《もど》ってきた。この中で一番犯人臭《くさ》いのはどう考えても裕さんだ。他に役がないからな。今んとこ怪《あや》しい素振《そぶ》りは見せてないが。
ハルヒが掘りゴタツに足を突《つ》っ込みながら、
「古泉くん、次はあれやりましょうよ。出してきてくれる？」
「解りました。あれですね」
またしてもリュックに移動する古泉だった。今度は手作りの何が出てくるのかと、古泉は
俺も後についていく。ごそごそやっている古泉の手元を後ろから覗き込むと、古泉は
素早《すばや》く俺を見上げ、手品師の手腕《しゅわん》でまたしても大判の紙を取り出した。
「どうぞ、涼宮さんに渡《わた》してください」
ヒーターの風を受けてはためくそれは、折りたたんだデカい紙である。広げようと
して俺はふと違和《いわ》を覚えた。このカサ張る紙にではない。俺の目の前にはリュックに
手をかけた古泉がいて、すぐ横にヒーターがある。ついでに満ち足りた様子で眠《ねむ》るシ
ャミセンの背中が座布団の上にある。
別におかしくはないが、どこかが妙《みょう》だ。何より、俺が近づいたとき、古泉は少し慌《あわ》
てたような顔をしなかったか？
「キョン、早く持ってきてよ！　何してんのよ」
不承不承、俺は謎《なぞ》の紙を持ってコタツに戻り、遅《おく》れて古泉もやってくる。
時計は午後三時ちょうどを指している。

「あたしと古泉くんで作ったのよ」

ハルヒの得意は絶頂に達しているようだ。そんな顔をしている。

「SOS団用のスゴロクよ。一マス一マス手書きしたんだから、ありがたくプレイしなさい」

ちなみに最初の一振りで俺のコマが止まったマス目にはこんなことが書いてあった。

『キョンに限り腕立《うでた》て三十回』

他にも、『次に止まった人と野球拳《けん》をすること』とか、『団長を気分良くさせる言葉を五種類以上言う』とか、『全員の質問に正直に答える（みんなはなるべく恥《は》ずかしい質問をすること）』などの、すべてのコマがバツゲームみたいなハルヒ特製スゴロクである。

すったもんだが発生するのも当然と言える。野球拳のマスには朝比奈さんと裕さんが止まったが、野球拳の意味を知らないらしくキョトンとしている朝比奈さんにさせるわけにもいかず、しょうがないので代わりに俺がやった。他にも俺の疲《つか》れる仕組みになっているとしか思えないマス目のオンパレードで、開始から一時間後に鶴屋さんが最初にゴールした時点でもうフラフラだ。

見かねたわけではないだろうが、古泉が待ってましたとばかりに声と手をあげた。

「みなさん、今ちょうど午後四時になりました」

生番組のタイムキーパー並みに時間を気にする古泉は、

「ここからは自由時間です。ただし四時三十分前にはここに集合するようにしてください。それと、できれば外出はご遠慮《えんりょ》願います。むろん、犯人以外の人はという意味ですけどね」

「では、ちょっと失礼するよ」

多丸裕さんが意味ありげに微笑《ほほえ》んで席を立った。

「部屋で荷物を片づけてくる。いや、五分ほどで戻るよ」

そう言った裕さんがフロアから消えた後、「キッチンに行く」と言ってハルヒと鶴屋さんも出て行き、数分後に二人して茶菓子《ちやがし》とジュースを抱《かか》えて戻ってきた。それ以外に掘《ほ》りゴタツから動くものはいない。誰だって犯人にされるのはイヤだからな。冤《えん》罪《ざい》となればなおさらだ。

ちなみに裕さんが本当に五分で帰ってきたことも申し添《そ》えておく。

午後四時半過ぎだった。

森さんが共有フロアにやってきて、こう告げたのである。

「圭一様が起きてこられません」

不安げな顔を演技しながら、

「離《はな》れの部屋まで行ったのですが、応答もなく、扉《とびら》には鍵《かぎ》がかけられています」

「待ってたわ」

ハルヒは颯爽《さっそう》と立ち上がり、

「まずは現場がどうなってんのか見とかないとね」

古泉がツアーコンダクターよろしく、先頭に立って通路を行く。ついていく俺たち。中庭に出る扉を開くと、人数分の外履《そとば》きがすでに用意されていた。つっかけて離れに向かう渡り廊下《ろうか》を歩くと、離れのドアの前で新川さんが待っていた。

「状況《じょうきょう》は？」とハルヒ。

「森が申したであろう、その通りでございます。扉は内側から施錠《せじょう》され、鍵は圭一様とともに室内にございます。ちなみに合い鍵はない、ということになっております」

「そういうことです」と古泉が注釈《ちゅうしゃく》、「ですが、扉をぶち破る必要はありません。合い鍵がないものとして考えてくれるだけでいいんですよ。新川さん、鍵を」

新川執事《しつじ》氏が掌《てのひら》を差し出すと、まさしく鍵が載《の》っている。

「これは本来はない鍵です。そういうことにしておいてください」

古泉が扉を開き、まっ先にハルヒが踏《ふ》み込んだ。

「やあ」

と、手を挙げたのは圭一さんだ。敷《し》かれた布団《ふとん》の横に伸《の》びていた多丸兄は、胸元《むなもと》を指差しながら、

「また刺《さ》されてしまったよ」

胸にナイフの柄《え》が突き立っている。いつかも見た、刃《は》のないトリック用小道具だ。

「誰《だれ》に刺されたの？」とハルヒ。

「それは言えない。何せ死体だからね。死者は語る口を持たない」

と、圭一さんはパタリと手を畳《たたみ》に置いた。

「いいでしょうか」と古泉がまたしても、「よく室内をご覧ください。部屋の鍵はここ、机の上に置いてあります。もちろんこれは最初から圭一さんが持っていたものです。ということは犯人は扉から出たのではありません」

そして縁側《えんがわ》に面した窓に近づき、

「こちらは閉まってはあるものの、鍵自体はかかっていません。つまり犯人の脱出口《だっしゅつ》はここです。そして、外には雪が積もっています」

古泉は実際に窓を開け、俺たちは庭へと首を突き出した。

「犯人の逃走《とうそう》経路を説明します。扉から出たのではない以上、犯人はここから出たと

いうことで間違《まちが》いありません。しかし雪の上を歩けば当然足跡《あしあと》が付きますが、見た感じありませんね。窓の上を見てください。この離れは四方に庇《ひさし》が突き出ていまして、その真下は雪も薄《うす》く積もっているだけです。その雪の上、離れの壁《かべ》に沿って歩いて犯人は渡り廊下に戻りました」

俺は古泉が指差す地面を見つめ、次に空を見上げた。雪がしずしずと降っている。

「犯人の足跡は降り続ける雪が隠《かく》したのです。この降り方では……そうですね、三十分では足りないと言っておきましょう」

古泉は全員の理解を確認《かくにん》するように、

「そういう設定です。ご了承《りょうしょう》ください。死体役は何も言えませんが、マスターの僕は少なくとも嘘《うそ》は言えません」

「ふうん」

ハルヒは雪と古泉を見比べていたが、顔を引っ込めて腕組《うでぐ》みした。

「それだけ？」

答えず、古泉は布団を指差した。ぽこんとした膨《ふく》らみが掛《か》け布団にあり、見ているとモゾモゾ動きだした。まさか……。

布団を引っぺがしたのはハルヒだった。そして、出てきたそいつに向かって、

「シャミセン？」

突然《とつぜん》の光を浴びて目を細くしたのは、俺ん家《ち》の飼い猫《ねこ》で間違いなかった。

再び俺たちは掘りゴタツにいる。

森さんと新川さんは後ろで不動に立っていて、死体役を終えた圭一さんだけお役ご免《めん》、今頃《いまごろ》ダイニングでホットコーヒーをくゆらせているはずだ。

「整理してみましょう。圭一さんが部屋に引っ込んだのが二時ジャストのことです。死体となって発見されたのがつい先ほど、四時三十分ですね。この二時間半の間に犯行がおこなわれたことは間違いありません。部屋の扉は内側からロックされ、鍵は室内にありました。繰《く》り返しますが合い鍵はないものとしてお考えください。縁側の窓の鍵は開いていましたから、犯人はそこから部屋を出たと思われます」

古泉の状況説明である。

「窓から出て足跡を残さず、渡《わた》り廊下に達することは不可能です。足跡がないということは、ついていたはずの足跡は降っていた雪によって埋《う》もれたとみてかまいません」

古泉は妹の抱《だ》いている三毛猫を見て、

「さらに、現場には死体の他《ほか》にシャミセン氏もおられました。さて、思い出しましょう。こうして発見される以前、猫の姿を最後に見た時刻はいつだったでしょうか？」

俺が見たのはトイレ休憩《きゅうけい》が告げられた直後だ。古泉がリュックからハルヒ手製のバツゲームスゴロクを出したとき、その横で丸くなって眠《ねむ》っていた。

「へえ？　そうなの？」

ハルヒは額を指で突《つ》っつきながら、

「そういやあたし、この三時間くらいシャミセンを見た覚えが全然ないわ。ここにいたっけ？」

「いたような気がしますけど……」朝比奈さんは控《ひか》えめに、「ええと、福笑いの最中に何度か見かけましたよ。お座《ざ》布《ぶ》団《とん》の上で寝《ね》てました」

「あたしもそれが最後だね！」と鶴屋さん。「お手洗いに立つときにさ、猫にゃんがそこで丸うなってんのを見たよっ。スゴロクんときにはいなかったと思うな！」

どうやら目撃《もくげき》証言を検討してみるに、俺が見たのが最後の姿のようだ。てことは、シャミセンには三時から四時半までのアリバイがない。

俺たちがスゴロクに興じているうちに目を覚まして、ノソノソとどこかに行ったというわけか。そいでもって圭一さんの部屋に上がり込み、布団の中で居眠りしていた……と。

ん？　そんなはずないな。

「こいつが自分から離れまで行くとは考えられん」と俺は主張した。「外に出しただけで暴れるような寒がりだぞ。雪を見てビクついてたりもしたし、だいたい母屋《おもや》から外に出るドアを自分で開けたとは思えねえな」

「そうでしょうね」

古泉は軽《かろ》やかに首肯《しゅこう》し、

「誰かに連れて行かれたと思うのが普通《ふつう》です。圭一さんか、犯人かに」

「圭一さんなわけないよね」

ハルヒが首を伸ばして、

「猫アレルギーとかって言ってたの、あからさますぎるけど、あれ伏線《ふくせん》よね。まるで取って付けたような」

「もちろんこの推理劇上の設定です。そうしておかないとちょっと困るものでね。つまり、猫を部屋に持っていったのはあくまで犯人でないとダメなんです。これはヒントでもありますね」

古泉のセリフに、ハルヒが手を挙げた。

「ちょっと待って。じゃあこういうこと？　シャミセンは三時までここにいて、その後の行方《ゆくえ》は不明。犯人が離《はな》れを出たのは最低でも四時半以前だけど、足跡が雪で隠れるのにかかった三十分を考慮《こうりょ》して四時以前でいいわ。そいで犯人がシャミセンを連れて行ったということは、ようするに圭一さんが殺されたのは三時から四時、その一時間の間のどこかってことよね」

　そうなるな、確かに。

「確かに、じゃないわよ。おかしいわ。四時以降にここを出て行ったのはあたしと鶴屋さんと裕さんだけだもん。でもあたしと鶴屋さんは一緒《いっしょ》にいたから犯人じゃないし、怪《あや》しいのは裕さんだけど、雪が足跡を隠すのに三十分以上かかるんだったら裕さんにも無理」

　そうなるな。

「そうなるな、じゃないでしょ。それだとここにいたあたしたち全員のアリバイが立証されちゃうのよ。その一時間、あたしたちはずっとここに揃《そろ》っていたわよね」

　三時から始まったスゴロクの参加者は、俺、ハルヒ、朝比奈さん、長門、古泉、妹、鶴屋さん、多丸裕さん、の八人だ。三時前の休憩から自由行動開始の四時まで、誰《だれ》一人この場を離れた人間はいない。知らんうちに消えていたのは猫だけだ。

「まさか、新川さんか森さんが犯人なの？」

　ただちに使用人役二人への事情聴取《ちょうしゅ》がおこなわれることになった。ハルヒはすっかり刑事《けいじ》口調で、

「では新川さん、あなたの三時以降のアリバイを教えてちょうだい」

　新川執事《しつじ》氏は慇懃《いんぎん》に一礼して、

「私は二時過ぎからキッチンにおりました。昼食の片付けおよび、今晩のディナーと夜食の準備と明日の朝食の仕込みのためでございます」

「それを証明してくれる人がいる？」

「わたしでよろしければ」メイド衣装《いしょう》の森さんが清らかな微笑《ほほえ》みを浮《う》かべつつ、「調理の手伝いをするために、わたしがずっとついていました。四時半にわたしが圭一さんを起こしに行くまで、新川の姿を見失ったことはありません」

「私も同様に」と新川さん。「少なくとも三時から四時半の間、森がキッチンから出て行くことはなかったと確信をもって証言するしだいでございます」

「ようは互《たが》いが証人ってわけね」

ハルヒはうんうんと首を動かしながら、

「でも、二人が共犯なんだとしたらアヤシイことこの上なしね。あるいはどっちかがどっちかをかばって偽証《ぎしょう》してる可能性もあるんじゃない？」

ハルヒの輝《かがや》く目が解説を求めるように古泉に向けられた。

「それはありません。犯人はあくまで単独犯という前提ですし、新川さんと森さんは決して嘘《うそ》の証言をしない設定です。ついでに言ってしまいましょう、このお二人は犯人ではありません。ゲームマスターの僕が保証するのだから間違《まちが》いありませんよ」と古泉。

「じゃ、誰だっていうの？」ハルヒは嬉《うれ》しそうだ。「全員のアリバイが完璧《かんぺき》なんだもん、誰にも圭一さんを殺せなかったことになるわ」

古泉も少し嬉しそうだった。ハルヒはこいつの突っ込んで欲しいポイントを的確に突いたらしい。微笑みを振《ふ》りまいて、

「ですから、それを解き明かしてもらおうというのです。でないとゲームになりませんからね」

「まず考えないといけないのは、どうしてシャミセンが必要だったのかってとこね」

勝手に司会進行役を買って出たハルヒが、妹の腕《うで》の中でうつらうつらしている三毛《みけ》猫《ねこ》の鼻先をつっついた。

「だって意味ないもん。猫の手を借りてまで犯人はいったい何がしたかったのかしら」

こいつが喋《しゃべ》り出しでもしたら格好の証人になるんだけどな。なにしろ目撃者だ。

「そうね、あたしが思うに犯人はシャミセンがそこにいないと都合の悪いことがあったんだわ」

そんくらいは俺だって解《わか》ってる。だからその悪い都合とは何かを考えているわけだ。

「猫、猫……うーん」朝比奈さんが可愛《かわい》く呟《つぶや》きながら顎《あご》に手を当てている。「ねこ。

三毛猫。みけ。ううん、猫さん、猫ご飯」

あまり有益なことは考えていないらしい。

何となくすべてにおいて鋭《するど》そうな気のする鶴屋さんは、お菓子《かし》屋のマスコットみたいに舌を出して目を斜《なな》め上に向けていた。それが考えるときのポーズなのか、ちょっと面白《おもしろ》い顔のまま腕組みをして黙《だま》っている。

黙っていると言えば長門である。現在この時点に限って言えば、こいつには黙っていてもらったほうがきっといい。俺もまた確信をもって証言するしだいであるが、長門は古泉が考え出したようなカラクリなど最初から見抜《みぬ》いているに違いない。全員がギブアップした最終段階で厳《おごそ》かに真相を告げる役を振ってやろう。

「シャミセンのアリバイがネックなのよね。いっそ最初から姿を見せなかったとかならよかったのに……。密室トリックなの？　雪を利用した時間限定の密室……うん？」

ぶつぶつ言っていたハルヒが急に顔を上げた。古泉の微笑《びしょう》を見つめ、裕さんの余裕《よゆう》の表情を眺《なが》め、次にシャミセンの眠《ねむ》そうな顔を見つめる。

「時間限定……。アリバイ……。あっ、そうか」

ハルヒは不意をついて俺に向かい、

「キョン、アリバイと言えば何？」

「刑事ドラマ」と即答《そくとう》してから俺は反省し、「えー……。二時間サスペンス」と口走ってさらに猛省《もうせい》し、次なる言葉を思考の果てに求めようとして時間を無駄《むだ》に過ごした。

「トリックよ！」

ハルヒが自分で答えた。

「アリバイトリックに決まっているじゃないの。シャミセンはトリックに使われたんだわ」

どんなトリックだ。

「少しは考えなさいよ。いい？　シャミセンのアリバイがあやふやなのはいつ？」

三時過ぎから四時半までだ。俺が見たのを最後に共有スペースから殺人現場にテレポートしていた。

「その時間帯はもういいわ。それよりもっと前のことを思い出しなさいよ」

三時以前か？　この別荘《べっそう》内を適当にうろうろしてたんじゃないだろうか。いや、違うな。

「古泉、お前があいつを抱《だ》いて来たのは、あれは何時だった？」

ハンサムフェイスの無料スマイルが、若干鋭角《じゃっかんえいかく》になったように思えた。

「二時半を少し回ったあたりでしたかね」

「どっから連れてきた」

「キッチンです」

古泉は森さんに微笑《ほほえ》みかけた。

「そうでしたね？」

「はい」

森さんも微笑んでシャミセンを見た。

「後かたづけをしていたところ、こちらの猫さんが足もとにじゃれついて来たのです。誘惑《ゆうわく》に負けて残り物を差し上げたのですが、ますます離れがたく思われたようで……。そこに通りがかった古泉さまが、猫さんを連れて行ってくれました」

明日以降の打ち合わせ、と言って古泉が中座したことを思い出した。

「それは二時半でした？」

そう訊《き》いた俺に、質素な衣装《いしょう》のメイドさんは思わずたじろぎそうになるほどの艶《つや》やかな笑みを何故《なぜ》か向けた。

「ええ……、そうですね。時計を確認《かくにん》したわけではないので正確な時刻までは解りませんが、二時半ほどであったと思います」

「シャミセンはいつからいました？」

「二時頃《ごろ》、離《はな》れからわたしが戻《もど》ったとき、キッチンで毛繕《けづくろ》いをしておられました」

なるほど、そこは合っているというわけか。妹の手を飛び出して別荘内を闊歩《かっぽ》していた我が家の三毛猫は、キッチンで森さんから食べ物をもらい、二時半くらいに古泉によってここに運ばれて、ヒーターの前の座布団《ざぶとん》で惰眠《だみん》を開始したということになる。

「二時から三時までのアリバイはあるんだな」

一時間の存在証明か。そこから離れに行くまでに、シャミセンは何を見たのか。

「きっとそこにトリックがあるんだわ」

ハルヒは目を細めて喉《のど》を撫《な》でている。まるでそこまで何かが出かかっているというように、

「確かなのはその一時間だけで、あとが曖昧《あいまい》。特に三時以降にどこで何をしていたのか解らないってのがミソなのよ。猫のアリバイ、シャミセンはいつ犯人の手に落ちたのか……」

ハルヒが難しい顔をして、俺もとりあえず顔だけは付き合ってやる。妹は不思議そうに俺たちを見上げ、裕さんは無言で微笑んでいる。彼は真相を知ってんだろうな。犯人候補一番手だしさ。

「ヒントを出したほうがいいですか？」

「ちょっと待て」

俺は古泉の口出しを制して考えてみた。

圭一さんが離れの部屋に行ったのが二時頃。三毛猫《みけねこ》の姿を最後に見たのが三時頃で、四時半に圭一さんの部屋で発見されるまで

誰も見かけることはなかった。

犯人が窓から出て母屋《おもや》に戻ったのだとしたら降雪で足跡《あしあと》が消える時間内に違いないから、犯行時間は推定で三時から四時の間でいい。

しかし三時から四時までの間、裕さんを含《ふく》めた俺たち全員はこの吹《ふ》き抜《ぬ》けフロアにいて、誰も出て行かなかった。四時以降は裕さんとハルヒと鶴屋さんが出た。

よし、解《わか》った。俺は納得《なっとく》とともにうなずいた。

「ヒントをくれ」

古泉は肩《かた》をすくめ、

「まっさきに気づくとしたら、僕はあなたかあなたの妹さんだと思っていました」

と、言っただけで口を閉《と》ざした。

「なんだと？」

それのどこがヒントだ。俺と妹よりハルヒや鶴屋さんが目ざとくないとは思いがたいが。

「あっ、そっかっ！」

ハルヒに次いで声を上げたのは、晴れやかな顔に戻った鶴屋さんだった。

「そうだよ、ハルにゃん！　猫にゃんのアリバイが犯人のアリバイなんだよっ！」

鶴屋さんはすっかり解った顔をして、

「そうそう、そうなんだっ！　だから猫はここにいないとダメだったんだよっ。どこでもいいんじゃなくて、離れでもなくて、みんながいたこの空間にさっ」

何を言い出したのかさっぱりだった。俺と朝比奈さんがきょとんとする間で、しかしながらハルヒには通じたらしい、飛び上がらんばかりの声を出した。

「それよ！　うん、それだわよ鶴屋さん、ナイス！　つまりその一時間くらい、猫は常に誰《だれ》かが見ているような状態になくちゃならなかったんだわ。犯人はそうしないと自分のアリバイがなくなっちゃうわけだから」

「だねっ！」

鶴屋さんは指をぱちっと鳴らし、

「シャミが本当にいなくなったのは三時じゃなくて二時半なんだよっ。シャミのアリバイなし状態は一時間半じゃなくて実際二時間だったんだね！」

「ってことは犯行時間も三十分前倒《まえだお》しされるわけね。二時半から四時の間……いいえ、二時半から三時の間の三十分間……って言うか、本当の犯行時間は二時半でいいんだわ。そうよね？」

「そうだよっ」

待ってくれと言いたい。なにやらテンションの高い二人組が二人だけで真相に肉薄《にくはく》したようだが、俺たち置いてけぼりグループの立場はどうなるんだ。何が何やら解らんぞ。

「鈍《にぶ》いわね。キョン、シャミセンが三時から四時半まで行方《ゆくえ》不明で、犯行現場の部屋の中にいるのを見つけて、それで困ったのは誰？」

俺たちだろ。

「じゃあさ、それで得したのは誰？」

誰も得してないんじゃないか？

「そんなわけないでしょ！　シャミセンを連れてって離れに閉じこめたのは犯人なのよ。意図的にしたってことは、それって絶対得することなの。じゃあどういう部分で得したのかしら？」

挑《いど》む目つきのハルヒだった。まるで真犯人が探偵《たんてい》を見る目みたいだな。

「あー……」と俺は言った。「シャミセンがその部屋にいたということは……。犯人が連れて行ったんだから、シャミセンが俺たちの前から姿を消していた間が犯行時間なわけで……」

「そういうことよ」

え、何が。

「え、何が、じゃないわよ。みんなそう思うじゃん。それがトリックの種なの。犯人はシャミセンのアリバイがない時間と、その時間帯をあたしたちに勘違《かんちが》いさせる必要があったってわけ」

「三時以降四時以前は全員アリバイがあるよねっ」鶴屋さんが引き継《つ》いだ。「でも二時以降だとどうだい？　あたしたちはこっから出ないようにって言われて、ホントにそうしてたよね？」

「その犯人からすれば、二時から三時の間のアリバイを確保する必要があったのよ」と、またハルヒ。「シャミセンがここにいるように見せかけなければならなかったわけ。なんでなら、三時以降から四時半までのシャミセンの不在が、逆説的に犯人のアリバイを証明してくれるからよ。だってシャミセンはここと犯行現場に同時に存在することはできないんだから、ここにいたってことは犯人が連れて行ったのはその時間じゃないってことになるわ。でもって、最後にシャミセンを見たのはあんたで、それが三時頃。犯人が猫連れで離れに行ったのは三時以降……って思わせることが犯人の仕《し》掛《か》けたトリックに決まってるじゃん」

「ってなると犯人に当たるのは一人しかいないっさっ。二時半前後のアリバイが曖昧で、三時前後に猫《ねこ》にゃんに一番近かった人だっ！」

　鶴屋さんがケラリとした笑顔《えがお》で、

「キョンくん、いいかいっ？　逆に考えてみよっ。圭一さんが二時に引っ込んでからあたしたちが踏《ふ》み込む四時半まで、犯行機会のあった人を捜《さが》せばいいんだよっ。したらば、一人を除いてみーんな不可能なのさ。ところが犯行時間を三時以降にしちゃうとその一人にもアリバイはちゃんとある。じゃあ間違ってんのは犯行時間のほうさ！」

負けじとハルヒもカラリとした笑顔、

「そうそう。圭一さんは三時以前に殺されたの。シャミセンが離れの部屋に連れてかれたのもその時よ」

「待ってくれ」と俺。「俺が三時に見たシャミセンをどう説明するんだ。朝比奈さんが寝《ね》てるのを見たっていう三時前のシャミセンは？　まさか分裂《ぶんれつ》していたわけじゃないだろう」

「あんた、まだ解《わか》んないの？」

ハルヒは勝ち誇《ほこ》る笑顔になって、

「今から犯人の行動を説明するわね。森さんと新川さんは犯人じゃないし、偽証《ぎしょう》の心配もないっていう前提の話だけど、ゲームマスターのお墨《すみ》付きをもらってるから無視するわ」

どうやら解っていないのは俺と朝比奈さんと妹くらいのようだった。

そんな俺たちを見て、ハルヒが得意そうに、

「犯人は二時から三時の間にこの共有スペースを出て、キッチンにいたシャミセンを捕《つか》まえた。そこからシャミセンを持ったまま離《はな》れの圭一さんの部屋を訪《おとず》れる。そのと

き鍵《かぎ》がかかっていたかどうかはどうでもいいわ、とにかく犯人は部屋に入って圭一さんを刺《さ》したわけ。扉《とびら》を内側から施錠《せじょう》し、シャミセンを残して窓から縁側《えんがわ》に出る。そこから渡《わた》り廊下《ろうか》に移動して母屋《おもや》に戻《もど》った。もちろん手ぶらで」

「待て」と再び俺は言った。「じゃあ俺の見たシャミセンはどうなるんだ。ヒーターの前の座布団《ざぶとん》で寝ていたシャミセンは」

「だからそれ、シャミセンじゃなかったのよ」

ハルヒはちらりと鶴屋さんを見て、鶴屋さんが意見に賛同する表情を作るのを確認《かくにん》して、

「論理的帰結よ。犯人はただ一人、その犯人が一人きりで行動できたのは二時半前後の数分間で、他《ほか》の全員にはどの時間帯でも母屋と離れの往復は不可能なんだから、どんなアリバイがあったってその人が犯人なの。そのアリバイを崩《くず》すにはどうしたらいい？　もう解るでしょ、シャミセンが二時半前後から行方知れずだったってことにしたらいいのよ。だとしたら、あんたが見たシャミセンは偽物《にせもの》以外に説明つかないわ」

鶴屋さんが首をにゅるりと突《つ》き出した。

「でさ、訊《き》くけどキョンくんっ。二時半から三時にかけて、キョンくんが見たシャミは本当にシャミだったかい？」

そう言われると俺も言葉に詰《つ》まる。見たのは後ろ姿くらいだったからだ。抱《だ》き上げ

られた三毛猫に、こちらに背を向けて座布団で眠《ねむ》る三毛猫。それが俺の見たすべてである。

しかし偽物だって？　どういう偽物だ。シャミセンのクローン猫がどこかでひそかに開発されていたとでも言うのか。

「知らないわ」と、ハルヒは悠然《ゆうぜん》と答えた。「言ったでしょ、論理的帰結って。二時半から三時にかけてそこの座布団で寝てた三毛猫はシャミセンじゃない。シャミセンのはずはないのよ。クローンでも人形でもそっくりさんでもいいけど、あんたん家《ち》の三毛猫ではないことは確実よ」

「ねえ、ハルにゃん、もうみんな解ってると思うんだけど、犯人の名前を言っちゃおうよ。でないと先に進みそうにないよっ」

楽しげに言う鶴屋さんに、ハルヒは軽《かろ》やかにうなずいた。

「そうね、特にキョンなんてこのままにしておいたら冬休み中このことばかり考えているわ。せーの、でいいわね？」

「そだね。つーこってっ、犯人は」

まるで二連装式の速射砲《そくしゃほう》のようなコンビネーションを見せ、ハルヒと鶴屋さんは笑顔を一人の人物に向け、息を合わせて犯人を指名した。

「古泉くんっ！」

名だたるバウンティハンターコンビにウィンチェスターを突きつけられたお尋《たず》ね者のように、古泉は両手を上げた。

「そうです」

言いながら、やはりな微苦笑《びくしょう》をたたえつつあきらめたように、

「僕が犯人役でした。もう少し時間をかけて考えて欲しかったのですが、涼宮さんと鶴屋さんの二人がかりでは致《いた》し方ありませんね」

ハルヒは笑顔で唇《くちびる》を尖《とが》らせた。

「どうして三時からあたしたちを自由に行動させなかったの？　四時じゃなくてさ。そしたら犯人の特定にもっと手間取ったと思うわ」

「その通り、まさに犯人の特定が困難になるからの措置《そち》です」と古泉の解説。「もしあなたたちの誰《だれ》かが三時以降に五分以上——これは離れとここの平均的な往復時間です——その時間にほぼ一人きりになるような状況《じょうきょう》が発生したら、その誰かを容疑者リストから排除《はいじょ》することができなくなってしまいます。つまり、犯人には成り得ないと明確に否定することができなくなるのです。そのくらいなら、いっそ全員を容疑者に成り得なくしたほうがいいと判断しました。ゲームが難しくなりすぎますからね」

もっともらしいことを言ってるが、単に思いつかなかっただけじゃないか？

「シャミセンの影武者《かげむしゃ》はどこに用意してたの？」

「僕の部屋です。事前に新川さんが運び込んでいてくれました。共犯というわけではありませんよ。設定上は僕が自分の手で運んだことになっていますから」

古泉は終業時間を迎《むか》えた重労働バイトのような表情で、

「殺害後、離れからここに戻るまでの間に部屋から取り出したのです。あとはお解《わか》りですね」

二時半過ぎに古泉が抱いてきたのがそいつだったわけか、しかし——。

「その猫《ねこ》は？」とまたしても俺は訊く。「偽猫はどこに行ったんだ。俺が最後に見てから、今まで姿も形もなくなっているシャミモドキはどこにいるんだ？　よくそんな都合よく姿を消せたな」

古泉があきらめたようにハルヒに目配せをして、我らが団長は颯爽《さっそう》と歩き出した。フロアの隅《すみ》、ヒーターが設置されている角へと。

「キョン、そんときのことをよーく思い出して。あんたが座布団で寝ている三毛猫を見たとき、横に古泉くんがいたんでしょ？　古泉くんはリュックからスゴロクを取り出して、あんたに渡したんだったわよね。あんたはスゴロクを持って掘《ほ》りゴタツに戻ってきて、あたしたちはあんたの手元に意識を集中させてた。その隙《すき》に、古泉くんは寝てた猫をリュックサックに素早《すばや》く入れたわけよ。だからさ、」

ハルヒは壁際《かべぎわ》に立てかけられ、ヒーターの温風を浴びているリュックを持ち上げて、

「今もこの中にいるはずよ」

逆さにされたリュックの口から、その言葉通りにコロンと毛玉のような物体が転がり落ちた。

「シャミセン？」

俺が口走ってしまうほど、その猫はシャミセンにそっくりだ。体形といい模様といい、まんまシャミセンのコピーキャット。ただ一つ高確率で違《ちが》うのは、そいつはメスだってことだな。三毛猫のオスは世界的にも珍《めずら》しく、なぜ珍しいのかは生物の先生にでも聞いてくれ。

その偽《にせ》シャミセンはぼんやりと床《ゆか》に座っていたが、やがて尻尾《しっぽ》をピンと立てて妹のもとに歩き出し、抱かれているシャミセンの鼻面《はなづら》をくんくんと嗅《か》いだ。我が家の三毛猫のほうは、まん丸い目で雌猫《めすねこ》を凝視《ぎょうし》していたが、妹の手をふりほどくと相手の尻尾に鼻先をくっつけ、そのまま二匹《ひき》とも相手の尻尾を追うようにぐるぐると回り、十秒後にはパンチの応酬《おうしゅう》にまで至った。

「こらー、シャミー」

ぐるるると喉《のど》を鳴らすシャミセンを妹が抱き上げて、雌三毛猫のほうはしばらくキョロキョロしてから、どういうわけか長門の膝《ひざ》の上にひょいと乗ってうずくまった。

「…………」

長門は無表情に視線を落とし、催促《さいそく》するように自分を見上げる猫と視線を合わせていたが、やがておずおずという感じで手を伸《の》ばす。

怖々《こわごわ》と背を撫《な》でる長門の手に満足したように、偽猫は目を閉じて丸くなった。確かに似ていたが、やはりちょっと違《ちが》うな。俺だってシャミセンと暮らし始めて二ヶ月になるし、自分とこの猫とそうでないやつの顔を簡単に見間違えるほど——、

「それで俺と妹かよ。まっさきに気づきそうだっていうのは、このことだったか」

「ええ。あなたが近づいて来たときは冷や汗《あせ》が出ましたよ。もし気づかれたときは、真相を耳打ちして共犯になってもらうつもりでした。ですが、あなたの顔をうかがった限り全然気づいてなさそうだったものですから」

悪かったな。これはシャミセンへの詫《わ》びだ。

「何が苦労したかと言いまして、その猫を探すのが一番労力を使いました」

ナビゲーター古泉の補足説明である。

「シャミセン氏にそっくりな三毛猫ですが、これが探してみるとなかなかいないわけです。三毛猫ならどれでも同じようなものだと思っていたのですがね、見込みが甘かったですよ。全国津々浦々《つつうらうら》を飛び回り、ようやく似た模様のノラ猫を見つけ出したわけですが、そっくり同じとまでは至らない。やむを得ず部分的に一時的な毛染めをおこないました。しかも、それで仕事が終わったわけではありません。芸の仕込みが必

要でしたから」

何の芸を持ち合わせているんだ？

「犬で言うところの『待て』です。勝手にウロウロされると台無しですから、僕が合図するまでひたすらじっと寝《ね》たふりし続けるという芸を教え込んだんです。座布団《ざぶとん》の上で三十分、それからリュックの中で一時間半、その間に鳴いたり動き出したりしてもらっては不都合でした」

しみじみと古泉は首を振《ふ》っている。本当にそんな仕込みが可能だったとしたら、そいつはとてつもない芸達者な猫になる将来性を秘《ひ》めている。催眠《さいみん》術を猫にかけられるくらいに特訓したほうがまだ簡単だったかもしれんな。

「僕がその猫につけた名前はシャミセン二号です。通称《つうしょう》、シャミツー。他《ほか》にいい名が思い浮《う》かばなかったものですから」

よく解らんイイワケをしておいて、古泉は咳払《せきばら》い。

「以上をもちまして推理劇は終了《しゅうりょう》です。正答者は涼宮さんと鶴屋さんのダブル受賞でいいですね。のちほど賞品を進呈《しんてい》します」

古泉はゆっくりと礼をした。

「これにて今回の余興を終わらせていただきます。皆様《みなさま》のご協力に感謝します。別荘《べっそう》を提供してくれた鶴屋さん、死体役となってくれた多丸圭一さん、ミスディレクションのためだけにキャスティングしてしまった裕さん、そして色々お世話になった新川さんと森さんには特にお礼申し上げます。最後までおつきあいいただき、ありがとうございました」

ハルヒと鶴屋さんが猿《さる》みたいに拍手《はくしゅ》を始め、つられて妹、いまいち解《わか》ってない顔の朝比奈さんが続き、猫を膝に乗せた長門が音もなく拍手しているのを見て、俺もしかたなく手を打った。

ご苦労さん、古泉。

賞品はメッキ加工された小さなトロフィーだった。マンガチックな猫が逆立ちしている姿がかたどられ、よく見たらシャミセンっぽかったが、トロフィーを手にしたハルヒと鶴屋さんは肩《かた》を組んでVサイン、しょうがないので写真を撮《と》ってやる。シャミセン一号二号もついでにな。

しばらくすると森さんと新川さんが早めの年越《としこ》しソバを運んできてくれた。さっそく箸《はし》をつかんだハルヒと鶴屋さんが豪快《ごうかい》に喰《く》っている傍《かたわ》らで古泉は箸が進まないようだが、そういえばこいつが何かをむさぼり食っているところを見たことがないな。

「どうでした、今回の寸劇は」

なんと珍しい、昨日の夢幻館《むげん》でも見せなかった不安的なスマイルで俺に訊《き》いてきた。シナリオの出来にはお世辞を言う気にもならないが、

「あんなもんじゃないか」

俺はダシのきいたソバつゆとともに長ネギを飲み下し、

「ハルヒの機嫌《きげん》もいつもと同じようによさそうだ。満足してんじゃねーかな」

「だとしたら何よりです。考えたかいがあったというものですよ。まさに涼宮さんの接待のためにやったようなもんですから」

俺にはややこしくてもう一つスッキリ解消とはいってないが。解ってないのは朝比奈さんもそうであるらしく、メモ帳に線を引きながら、

「これが二時で、こっちが三時、猫さんがいたのは二時から三時……じゃなくて三十分？　ううん？　ねこねこ」

とか言いながら困った顔でソバをちゅるりとすすっている。解っていないやつの最《さい》先端《せんたん》、妹は何一つ聞いていなかった顔なのに、やけに楽しそうにドンブリをかき回していた。

待て状態の雌三毛を膝に乗せたまま、長門が本来の食欲を取り戻《もど》しているのを見て俺はホッと息を吐《は》く。何と言っても全員いつも通りが一番で、あまりいつも通りではない古泉はいかにも同情を誘《さそ》うように、

「冬合宿が企画《きかく》されてからこっち、ずっとこればかり考えていたんですよ。おかげで解ったことがあります。僕は犯人にも計画犯罪にも向いていません。探偵《たんてい》役も誰《だれ》かに譲《ゆず》ります。僕に合っているのは解説役ですよ」

俺としては、その解説役もそろそろ廃業《はいぎょう》して欲しく思っている。ようはお前が解説にしゃしゃり出てくるような事態にならなければいいんだ――とか願っているうちに閃《ひらめ》いた。

「今回の殺人劇だがな、わざわざ実演しなくてもよかったんじゃないか？　そういう設定さえあればいいんだろ？　だったら問題編を冊子にして配ればすんだ話じゃねえか」

古泉はソバが喉に詰《つ》まったような表情で考え込み、偶然《ぐうぜん》のバッティングで出血しそのままドクターストップをかけられたタイトルマッチの挑戦者《ちょうせんしゃ》のような声で、

「……そうだったかもしれません」と負け惜《お》しみを言った。

「でさぁ、古泉くん」

ハルヒが年越しソバのお代わりを森さんに要求しながら、

「次の夏も頼《たの》むわよ。孤島《ことう》、雪山、ときたから次の舞台《ぶたい》は今度こそもっとケッタイな館《やかた》がいいわ。変な名前のついているところに行きましょうよ。何なら外国でもいいわね。そうだわ、城なんかどう？　石造りの古城なんてぴったりじゃない？」

古泉と俺の願いを同時に強制廃棄《はいき》するようなことを言いながら、ハルヒは箸をタク

トのように振り回した。

「それならいいとこ知ってるよっ。うっとこのおやっさんの知り合いで外国に城持ってる人がいたな！」

鶴屋さんがしないで欲しかった同調をして、ハルヒはよりいっそう調子に乗った。

「聞いた？　みんな、夏までにパスポート取っとくのよ。いいわね！」

俺と古泉は顔を見合わせ、息まで合わせて嘆息《たんそく》した。ハルヒと鶴屋さんコンビ相手のタッグマッチに挑《いど》むにはなんと力不足な相方であるかと互《たが》いに認め合った証拠《しょうこ》である。俺はハルヒの国外脱出《だっしゅつ》をなんとかして断念させる役、古泉は万一の時のSOS団付き劇作家だ。正体不明の敵を相手にしているほうがマシに思える始末である。

そろそろどうにかしておかんとこのままではSOS団海外支部ができかねない。そんな手に負えないような出来事には、ちょっとなって欲しくないな——と俺の語学力が耳の奥で呟《つぶや》いた。


これだけテレビをちらりとも観なかった大晦日《おおみそか》は人生初かもしれない。

スゴロクの二周目を今度は森さんたちも含《ふく》めた全員で実行し、ハルヒが楽しんだり俺が疲《つか》れたりしているうちに夜となって豪勢《ごうせい》なディナーと歓談《かんだん》の時間も終了、あれよあれよというまに夜も更《ふ》けて気づけばもう今年も終わりだ。

「明日、一眠《ひとねむ》りして起きたら書き初めと雪上羽根つき大会をしないとね」

雑煮《ぞうに》くらい喰わせてくれよ。

「お正月だもの。それくらい基本よ、基本。待ちきれなくて福笑いとスゴロクはやっちゃったけど」

ハルヒは壁《かべ》の時計を見つめながら、

「初詣《はつもうで》にも行かなきゃマズいわ」

別にマズくはなかろう。いくら神仏の度量が広いとはいえ、ハルヒにはあまり来て欲しくないんじゃないかと思うね。映画のロケやった神社から俺たちの出入り禁止を宣告する回状が出ているだろうし。

「何言ってんの。せっかく宗教がチャンポンになってる国にいるんだから、全部の行事で遊ばないと損じゃない。それにクリスマスを祝っときながら新年を祝わないなんて、コース料理を注文して食器だけ眺《なが》めて帰るくらいのもったいなさよ。だから初詣は欠かせないの」

それなら別荘の庭先にカマクラ作って賽銭《さいせん》箱と祠《ほこら》を設置したらいい。もちろんカマクラ内にいるのは巫女装束《みこしょうぞく》の朝比奈さんだ。わざわざ既存《きそん》の神社に行かずとも、俺など一晩中拝み続ける自信があるぞ。そのうち噂《うわさ》を聞きつけた参拝者が引きもきらない状態になるだろうから、賽銭箱の中身もさぞかし潤《うるお》うに違《ちが》いない。

「バッカ」

ハルヒは朝比奈さんの肩を抱《だ》き寄せ、

「巫女さんも捨てがたいけど、みくるちゃんには振《ふ》り袖《そで》を着せたいのっ！　でも合宿から帰ってからでいいわ。ありったけの神社仏閣にお参りしましょう。あ、もちろん有希にも着せてあげるからね。ついでにあたしも着るし」

朝比奈さんの耳たぶを噛《か》んで赤くさせておいてから、ハルヒは時計を見てうなずいた。

「みんな、時間よ」

ハルヒの指揮に従い、俺たちは円を作るように並んで正座した。ＳＯＳ団五人は言うまでもなく、鶴屋さんも円を構成する一員に入れられていて、彼女の横には妹と猫《ねこ》二匹《ひき》も座らされている。おまけに多丸兄弟と執事《しつじ》とメイドさんのエキストラカルテットまでがハルヒの誘いによって加えられていた。いいのか、この人たちは？　ヘタすりゃ準団員として顎《あご》でこき使われるハメになるぞ。

だが俺の気配りをよそに、全員の顔には各種様々な意味を持つ笑《え》みが浮《う》いていた。それはそうだろう、こんな時、あえてしかめ面《つら》をしている奴《やつ》はカレンダーを知らない人間くらいであり、俺は知ってる。だから文句を言う理屈《りくつ》に思い当たるフシはない。

ハルヒの号令に従い、俺たちは深々とお辞儀《じぎ》をして口々に決まり文句を放った。毎年代わり映《ば》えのしない、でも代わったとしたら寂《さび》しくも思えるだろう、五・五・五からなる定型句を。

朝比奈みくるの憂鬱

宝くじを買って何の見返りもない確率と同じ程度に、予想通りやっぱり何だかんだとあった冬休みもつつがなく終了《しゅうりょう》し、このクソ寒い季節にもかかわらず安普請《やすぶしん》のせいでよりいっそうクソ寒く感じる我が学舎《まなびや》たる高校へとシブシブ登校し始めてしばらく経《た》った頃《ころ》の話である。

世界的温暖化のせいか雪がつもる光景が滅多《めった》に見られなくなったのはまだ大目に見るとして、そのぶん屋内における暖房《だんぼう》も中途半端《ちゅうとはんぱ》なため南極基地よりも寒々としているんじゃないだろうかと思える教室と卒業までつき合わねばならないのかと思うと、まったく心の底から行く高校を間違ったと中学時代の己《おのれ》の不明を恥《は》じ入りたくなるが、来てしまったものはしかたがない。

今日もまた、俺は放課後の時間を無為《むい》に過ごすべく、部室棟《とう》の一角に位置するSOS団の本拠地《ほんきょち》へと向かっていた。

本来は文芸部の部室であるはずの旧館の一角だが、とうとうSOS団のアジトとして占有化《せんゆうか》されたまま年まで越《こ》してしまい、庇貸《ひさしか》して母屋《おもや》乗っ取られるをこれほど解《わか》りやすく体現した事例も他《ほか》にないように思われる。今や全校生徒から文芸部の存在が忘れ去られているような気がしてならないが、一応の文芸部員であるはずの長門があだから俺が気にする材料にもならないし、俺が気にしないようなことをハルヒが気にするわけもない。

何にせよアフタースクールにおける俺の居場所はここであり、ここにしかないのは認めねばならないようだ。たまに無断で下校してやろうかと思わないでもないものの、翌日教室で待っている後ろの席にいるヤツが授業の間中殺人光線を俺の背中に照射し続けるであろうことを想像すると、そんな思いつきもたちまち雲散霧消《うんさんむしよう》するというもので、なんせこのリスク計算結果は実体験を元に弾《はじ》き出されたものなのである。この経験が人類を正しい道に誘《さそ》う役に立つかどうかは解らないが。

てなことを考えつつ、部室の前にやってきた俺は習慣化した動作で扉《とびら》をノックした。無断でドアを開けるとそれなりの確率でパラダイス的光景を目にすることができるのだが、むしろこれはそのような事態を避《さ》けるための準備運動である。

いつもなら「はぁい」という舌足らずな声が答えてくださり、地上に降臨した天使か妖精《ようせい》か精霊《せいれい》のいずれかによるボランティアかと思うような麗《うるわ》しの美少女上級生が、控《ひか》えめな笑顔で扉を開けてくれるのがほとんどといってもいいくらいの毎放課後の儀《ぎ》式《しき》でもあった。

「――――」

待てど暮らせど返答がない。

ということは室内には天使も妖精も精霊もおらず、アナログゲーム好きのニヤケハンサム野郎《やろう》も不在で、いたとしても沈黙《ちんもく》を友とした動かない読書マニアくらいだろうことが推理できる。ハルヒがいないことなら命の次に大事なものを賭《か》けてもいいくらいだ。

ならばとばかりに俺は遠慮《えんりょ》なくノブを握《にぎ》り、自宅の冷蔵庫にするのと同じくらいの気軽さでドアを開いた。

当然ハルヒはいない。古泉もいない。長門さえいなかった。

なのに――。

朝比奈さんがいた。

メイド衣装《いしょう》に身を包んだグラマラスで小柄《こがら》な二年生、その可憐《かれん》な横顔。箒《ほうき》を手に持ったままパイプ椅子《いす》に腰掛《こしか》けて、なぜか心ここにあらずといった風情《ふぜい》でぼんやりしているのは我らが愛すべき朝比奈さんで間違いない。

なんだろう。あまり似つかわしくない雰囲気《ふんいき》を漂《ただよ》わせているじゃないか。

彼女は俺が入ってきたことにも気づかないようで、視線を虚空《こくう》に惑《まど》わせながら、ふと緩慢《かんまん》な溜息《ためいき》をついた。そんなアンニュイな仕草すら、何度も撮《と》り直したテイクさながらに絵になるお人だ。いいね。

しばらく見惚《みと》れてから声をかける。

「朝比奈さん？」

その効果はてきめんで、

「えっ、あっ。ふぁ、はいっ！」

飛び上がった朝比奈さんはビックリ眼《まなこ》で俺を見て、中腰のまま箒を身体《からだ》の前に抱きしめた。

「ああっ。キョンくん……いつの間に……？」

いつの間にって、ちゃんとノックもしましたが。

「え。そうなの？　やだ、全然気づかなくて……ご、ごめんなさい」

恥じ入るように頬《ほお》を染め、慌《あわ》てたようにパタパタと、

「ちょっと考え事を……そのぅ、してました。やだ、ほんと」

駆《か》けよった掃除《そうじ》用具入れに箒を仕舞《しま》ってから、改めて俺を見上げてくる。この目がまたよいのである。いやもう何もかもがいい。朝比奈さんバンザイだ。気をつけてないとうっかり抱きしめそうになる。そうしないといけないんじゃないかという気がしてならないほどだ。この際だからやっちまおうか、いやまて後先を考えろ、という脳内悪魔《あくま》と天使による壮大《そうだい》な肉弾《にくだん》戦が決着を迎《むか》える前に、

「涼宮さんは？　一緒《いっしょ》じゃないの？」

そのセリフ一行で俺は我を取り戻《もど》した。やばかった。もう少しでハルマゲドンまでいっちまうところだった。俺は平静を装《よそお》いつつ鞄《かばん》を長テーブルに放《ほう》り出して、

「あいつなら掃除当番ですよ。今ごろ音楽室で盛大にホコリをまき散らしていることでしょう」

「そうですか……」

ハルヒの現在位置にさほどの興味はなかったようで、朝比奈さんはふっと唇《くちびる》を閉《と》ざした。

さしもの俺もおやと思わざるをえない。今日の朝比奈さんは明らかに妙《みょう》だ。いつもは部室に咲《さ》く一輪挿《いちりんざ》しのひまわり的な笑顔《えがお》を俺に向けっぱなし（この辺はやや妄想《もうそう》）の未来人さんなのに、秀麗《しゅうれい》な眉目《びもく》から柔《やわ》らかそうな髪《かみ》から甘いに決まっている吐息《といき》まで、何やらアンニュイな気配に満ちている。

憂《うれ》いを帯びた朝比奈さんは俺の正面でぽつんと立ったまま、何をするでもなく指先を絡《から》め合わせてこちらを見上げてきた。悩《なや》みでもおありなのであろうか、煮《に》え切らなさを感じさせる表情だった。残念ながらと言うべきか、愛の告白に使う言葉を選びあぐねているわけではなさそうだ。この朝比奈さんの態度に、過去の記憶《きおく》が頼《たの》みもしないのに検索《けんさく》結果を出してくる。去年の七夕、俺が意味もわからず三年前に行くことになった（一回目な）事件で、朝比奈さんが一緒に時間移動するように頼んできたとき

と酷似《こくじ》しているニュアンスだ。

あれから半年、朝比奈さんはますます愛らしさレベルに磨《みが》きがかかり、俺は相変わらずのバカをやっているわけだが、それでも少しはハルヒとSOS団を取り巻く状況《じょうきょう》を指して、「まあ、これはこれでいいさ」と言えるくらいには慣れ始めていると自己分析《ぶんせき》している。朝比奈さんが何を言ったとしてもいちいち驚《おどろ》いたりしないし、もちろん拒絶《きょぜつ》もしないつもりだ。

俺がひたすらメイド朝比奈さんの尊顔を網膜《もうまく》に焼き付ける作業に没頭《ぼっとう》していると、ようやく口火を切るふんぎりがついたようだ。朝比奈さんはいつも艶《つや》やかな唇を開き、

「キョンくん、あの、お願いが……」

カチャリ。

部室の扉が最小限の音だけを立て、すぅと開いた。反射的に振《ふ》り向いた俺の目に、ショートヘアの無表情娘《むすめ》が淡々《たんたん》とした動きで入ってくる様子が映る。

長門は機械的にドアを閉めると、

「……………」

ちらりと俺と朝比奈さんを一瞥《いちべつ》、居場所を間違えたことを悟《さと》った地縛霊《じばくれい》のような足取りで何も言わずにいつもの位置へ移動した。

表情ゼロのまま席に着くや、さっそく鞄から文庫本を取り出して広げる。部室で二

人向かい合って立っていた俺と朝比奈さんに何か特別な感想を抱《いだ》いたかもしれなかったが、少なくとも長門は俺たちよりその文庫にしてはやけに分厚く頭が痛くなりそうなタイトルの本のほうが気になっているようだ。

反応速度はともかく、俺より朝比奈さんのほうがわざとらしかった。

「あっ、そうだ。お茶、お茶淹《い》れますね」

いかにもそうするところだったと主張するように声を上げ、パタパタとヤカンに駆けより、

「お水、お水」

ヤカンを抱《かか》えてまたパタパタとワンドア冷蔵庫を開け、

「あや……。お水が切れてる……。ううん、くんできますね」

そのままパタパタと部屋から出ようとしたところで、止めた。

「俺が行きますよ」

ヤカンの取っ手に手を伸《の》ばしながら、

「外は寒いですし、その格好は他《ほか》の生徒には目の毒です。関係者以外に無料で見せるもんじゃありませんよ。水飲み場はすぐ下だから、これからひとっ走り……」

そう言いかけた俺に、

「あ、あたしも行きます」

朝比奈さんは取り残されるのを恐《おそ》れる雨の日の捨て猫《ねこ》みたいな目で俺を見てきた。可愛《かわい》い。可愛いが、困ったものでもある。未《いま》だに長門と二人でいることに慣れていないのだろうか。そろそろ打ち解けあってもいいくらいだと思うのだが、未来人vs宇宙人では相手が相手だけになかなか難しいのかもしれないな。

だが悪い気はしないね。朝比奈さんが長門より俺にくっついていたいと言うなら、拒否《きょひ》する理由など地底をモホロビチッチ不連続面まで掘《ほ》り返しても出てきたりはしないだろう。出てきたら驚くが、ハルヒなら不定形でグニャグニャした何かを掘り返したりしそうな気もする。幸いここにはハルヒはおらず、いきなりシャベルを俺に押しつけることもないだろう。

俺はヤカンを奪《うば》い取り、鼻歌とスキップとどちらを選択《せんたく》するか考えながら旧館の廊《ろう》下《か》へ出た。

「あ……待ってくださぁい」

メイド装束《しょうぞく》の朝比奈さんが親の後ろを歩く子猫のようについてくる。

こうして並んで歩いていると自分の手柄《てがら》でもないのに誇《ほこ》らしげな気分になるね。朝比奈さんのルックスや体形や性格に寄与《きよ》するところが俺には皆無《かいむ》なのだが、それでも彼女と触《ふ》れあうかどうかという距離《きょり》感《かん》を味わえる野郎《やろう》どもは知る限りにおいて俺くらいだ。

誇らしさのあまり、さっき感じたはずの朝比奈さんの雰囲気を完全に忘れていた。であるからして、

「キョンくん」

水飲み場でヤカンに水道水を注いでいる時、

「今度の日曜、ヒマですか？　一緒に行って欲しいところがあるの」

真面目《まじめ》な顔でそう言われた俺は即物的《そくぶつ》なメーターでは計り知れないほどの驚きを感じ、今度の日曜日とやらが何日後のことなのかすら瞬間的《しゅんかん》に忘却《ぼうきゃく》した。やっとのことで声を出す。

「もちろんヒマです」

仮にどんな予定があったとしても朝比奈さんの誘《さそ》いをもってすれば真っ赤に染まったカレンダーだって白く変わる。二月二十九日にどこそこで待つと言うのなら、たとえ閏年《うるうどし》でなくてもその日に行くことだろう。

「ええ、もちろん」

声を弾《はず》ませながら答えつつ、若干《じゃっかん》の煙《けむり》が心中から立ち上ってもいた。

——前も似たような誘いを受けたよな、そういえば。

でもって着いたところは三年ほど前だったわけで、いくらなんでもそう度々《たびたび》の時間旅行には飽《あ》き気味の心持ちだ。正直、何度もするもんじゃないね、あれは。たまにあ

るからこそ有り難《がた》みも発生するんであって、そうしょっちゅう気楽に――でもないけどさ――現在と過去を行ったり来たりしてるとさすがに食傷もしますよ。

「いえ、だいじょうぶ」

朝比奈さんはヤカンの蓋《ふた》を無意識のように弄《もてあそ》びながら目を落とした。蛇口《じゃぐち》からほとばしる水流に視線を向けて、

「過去にも未来にも行きません。ええとね。デパートまでお茶の葉を買いに行きたいの。キョンくん、一緒に選んでくれる？」

そして小さめの声をさらに潜《ひそ》ませて、そっと唇に人差し指を当てた。

「みんなには、内緒《ないしょ》で……。ね？」

どんな自白剤《ざい》にも抵抗《ていこう》できるだけの自信が、その時の俺にみなぎっていたのは言うまでもない。


それから日曜までの間。一分一秒がこれほど長いと感じたことはなかった。どうして時計の針ってやつは凝視《ぎょうし》しているとわざとのようにノロくなるのかね。こっそり休《きゅう》憩《けい》してやがるんじゃないか？　試《ため》しに揺《ゆ》さぶってみても秒針の周回速度は変わらず、俺は悠久《ゆうきゅう》なる時間に対する人間の無力感を味わいつつひたすら悶々《もんもん》として過ごすこと

になった。

なにせ未来人属性を持つ人と時間移動関係なしの外出だ。純然たる茶葉の買い出しである。そこでちょっとシンキングタイムだ。言うまでもなく朝比奈さんが一人で買い物もできない箱入り娘だとは俺は思っておらず、茶葉の購入《こうにゅう》に人の手を借りなければならないくらいの引っ込み思案でもないことは明白である。どんな粗茶《そちゃ》だろうが俺は大喜びで飲み干すし、そもそも味にケチをつけるような肥えた舌を持つ人間はSOS団にはいない。

それではなぜ、俺を誘ったりしたのか。しかも極秘裏《ごくひり》に。

日曜日に年頃《としごろ》の男女が二人でお出かけ。

すなわちそれは、一般的《いっぱんてき》にはデートと呼ばれるしろものではないだろうか。うむ、それ以外にない。そうなのだ。これはデートだ。俺が思うに、お茶選びは単なる口実なのだろう。なんと奥ゆかしい。ずばり言ってくれてもよかったのに。いや、でもそれがいい。いかにも朝比奈さんではないか。

てなわけで当日。日曜。

俺は自転車をかっ飛ばして待ち合わせの駅前まで疾走《しっそう》していた。愛車のママチャリも俺の気分を共有しているようで、モーターも付いていないのにペダルは軽《かろ》やかに回転する。SOS団加入以来の晴れやかな気分だと言っても言い過ぎではない。なぜならこれは普通《ふつう》のお出かけだ。珍妙《ちんみょう》な異空間に閉じこめられたり過去への片道切符《きっぷ》を渡《わた》されたりエイリアンと茶の間で禅《ぜん》問答するようなことにはなりそうにないからな。

もっとも、待ち合わせ場所に大人バージョンの朝比奈さんが含《ふく》みのある笑《え》みで立っていたなら話は別モードに入るわけだ。

俺にだって平均的な高校一年生並みの脳ミソがある。これまでの経験と合わせて通り一遍《いっぺん》の未来予測くらいは何パターンか思いつくさ。朝比奈さん（大）もその一つだ。予想では彼女とはまたどこかで出くわすだろうし、それが今日であっても何ら不思議ではない。

「いかんな」

俺は自転車を電柱の陰《かげ》に押し込みながらつぶやいた。

どうも考えが裏読み方面へ傾斜《けいしゃ》している。このままでは本当に何が起こっても驚《おどろ》かなくなるような気がして、そんな気がすること自体がもうすでにマズい感じに毒されているということだろう。驚くべきことが発生してんのに全然驚かないようなヤツは頭のネジが何本か弾《はじ》け飛んでいるような人間だけだ。俺はまともな人間として生きたいし、せめてまともな精神状態を維持《いじ》していたいのだ。いささか手遅《ておく》れっぽいとはいえ、笑うべき時はやっぱり素直《すなお》に笑うべきなのさ。

なので、俺は満面に笑みをたたえる。

ＳＯＳ団御用達《ごようたし》の集合ポイントで本日お一人で佇《たたず》んでいるのは、いつもの俺の朝比奈さんで正解だ。

休日とあって人通りも五割増しの中、小さく片手を振《ふ》って俺に気づいたという合図を送っている彼女の姿に膝《ひざ》が笑いそうになる。

シックでフェミニンな格好をして、髪形《かみがた》も普段とは違《ちが》う。おませな女の子がちょっと気合い入れてシャレっ気出してみました、みたいな微妙《びみょう》さ加減が素晴らしく、涙《なみだ》ものの感動をもたらしてくれた。

暖かそうな服をまとう朝比奈さんの前で急停止した俺は、鏡を見て何度も練習した古泉的爽快《そうかい》スマイルを浮《う》かべて、

「すみません、お待たせしまして」

と言っても約束の十五分前なのだが。

「いえ……」

朝比奈さんは両手で口を覆《おお》うようにして息を吹《ふ》きかけていたが、目尻《めじり》を緩《ゆる》ませて、

「あたしもさっき来たとこ……」

やんわりと微笑《ほほえ》み、

「さぁ、行きましょう」

頭をぴょこんと揺らして、一歩目を踏《ふ》み出した。

栗色《くりいろ》の髪を結んだ朝比奈さんのうなじに名状しがたい感動を覚えつつ、俺はお家騒《そう》動《どう》のあおりを食って流浪《るろう》の旅に出ることになった由緒《ゆいしょ》ある家柄《いえがら》の姫《ひめ》君に付き従う忠実なる騎士《きし》のように歩いていた。

朝比奈さんの歩調は顔に似合ってどこかちょこまかと幼い感じがして、一つ上の学年とは到底《とうてい》思えないほどである。ウチの妹がそうであるように彼女の歩き方もどこか子供っぽい。自称《じしょう》高校二年生とは思えないくらいのアンバランスな足取りが無性《むしょう》に庇《ひ》護《ご》欲をそそり、時々心配そうに俺を振り向く大きな眼《め》も得難《えがた》い感慨《かんがい》を与《あた》えてくれた。

なにしろ現在の俺がやってる行為《こうい》があらゆる意味で特殊《とくしゅ》だった。いつもなら部室でハルヒや長門や古泉たちに囲まれて、そんな異常空間で謎《なぞ》のようなドタバタに一喜一《いち》憂《ゆう》している俺とは一線を画する状態なのである。

ここには俺と朝比奈さんの二人しかいない。しかもその他のみんなには内緒ときた。暴君のような団長も、万能《ばんのう》宇宙人も、制限のかかった超能力者《ちょう》もそばにはいない。新《しん》鮮《せん》だ。

全力で宣言しておきたい。朝比奈さんと二人だけでお出かけするという今の俺に、まともな判断などできるはずがないと。

はっきり言えば俺は浮かれていた。北高でもぶっちぎりにプリティフェイスを誇《ほこ》る彼女と肩《かた》を並べて歩く栄誉《えいよ》に比べたら、紫綬褒章《しじゅほうしょう》などドブ川に放《ほう》り込んでマブナのエサにしたって惜《お》しくはない。まあ俺に褒章くれるほど国もトチ狂《くる》ってはいないだろうが。

向かった先は、駅近くにあるデパートだった。

俺も家族の買い物につきあってちょくちょく来る。衣料品や食料品売り場がメインの建物で、でかい本屋も入っていたりするが、そこは長門のテリトリーで俺には縁《えん》がない。果たして朝比奈さんが俺を連れて行ったのも地下の食料品売り場だった。

一列に並ぶレジカウンターの奥に目的地はあった。茶葉を専門に扱《あつか》うお茶専門店で、ケースに各種様々、色とりどりの日本茶がごまんと並べられている。

「こんにちはぁ」

朝比奈さんが可愛《かわい》く挨拶《あいさつ》すると、店のおっちゃんの顔が熱した天然アスファルトのように溶《と》け崩《くず》れた。

「やあ、毎度」

すでに常連客として顔馴染《かおなじ》みになっているらしい。

「うーん、どれにしようかなぁ」

朝比奈さんはつぶやき、真剣《しんけん》な目で値段と葉の名称の書かれた手書きポップを眺《なが》めて、じっと考え込んでいる。

当然のことながら俺に朝比奈さん以上の茶の湯的知識はなく、よってアドバイスのしようもなく、ただ彼女の横で様々な茶葉が発するかぎ慣れない香《かお》りに鼻をゆがめているだけだった。

茶葉のことになると深刻さを増す朝比奈さんは、乾燥《かんそう》の回数がどうしたとか釜炒《かまい》りのタイミングがこうしたとかいうようなことをおっちゃんと熱心に語り合い、俺は稲《いね》刈《か》り後のカカシ並みにその場でなすすべもなく突《つ》っ立っていた。

SOS団で茶の味が解《わか》っているメンツなど俺を含めて誰《だれ》もいない。ハルヒは湯飲みに入ってる色つきの液体ならオキシドールだって平気で飲み干すだろうし、長門に味覚があるかどうかも怪《あや》しく、古泉はとりあえず文句の欠片《かけら》も発しない。

俺はと言えば朝比奈茶なら毒人参《にんじん》入りでもあえて杯《さかずき》をあおる覚悟《かくご》がある。悪法も法だ。飲んだあとのことを特定の誰かに任せていれば命だけは助けてもらえるだろう。

アドバイザーのお役に立てそうにない俺は、几帳面《きちょうめん》に茶葉を選ぶ朝比奈さんの付き添《そ》いとして店の前で棒立ちを続け、ようやく決心した彼女が上級仙人《せんにん》みたいな商品名のついた煎茶《せんちゃ》を買い求めるまでそうしていた。

「せっかくですから」

朝比奈さんはいつもより控《ひか》えめな顔で俺を見上げ、

「お茶、飲んでいきませんか？　ここ、お団子もおいしいんです。買ったばかりのお茶も淹《い》れてくれるし……」

このデパ地下の店の奥にはテーブルが常設してあって、ちょっとした簡易喫茶店《きっさてん》にもなっているとのことである。断る理由など太陽内のヘリウムガスがすべて燃え尽《つ》きるまで考えても思いつきやしないさ。俺はいそいそと朝比奈さんに従い、店のテーブルに腰《こし》を落ち着けてみたらし団子と薫《かお》り高いお茶を注文した。

この時点で、すでに気がかりなことがある。

朝比奈さんはどうも時間を気にしているようだ。しきりと腕《うで》時計に目をやっては、そわそわと落ち着かない様子を見せている。その仕草もごく自然なものなので、わざと俺に見せつけているわけではないようだし、むしろ俺に気取られないようにしているつもりらしいのだが、もうしわけないがバレバレだ。何度も時計を見ては、ふうっと溜息《ためいき》のような吐息《といき》を漏《も》らしているのだからな。これで何でもないというのは、さすがに無理ってもんだろう。

「うまい団子ですね。お茶もいい。さすがは朝比奈さんの選んだお茶です。いやぁ、おいしいなぁ」

などと、わざと気づかないふりをする俺である。こんな気配りのできる自分に思わず自賛の境地に達したくなるほどさ。

「うん……」

朝比奈さんは団子を頬張《ほおば》りながら、ゆるくうつむき、また腕時計を見る。

何かありそうな気配が、じわりじわりとしてきた。

そりゃあさ、最初はうかれてたさ。とんでもなく可愛らしく冬服の上からでも明白なプロポーションを誇る未公認《みこうにん》ミス北高と行動をともにしてるんだからな、校舎の屋上から全世界に向けてヤッホーと叫《さけ》びたいくらいだったさ。

湯飲みのお茶をすすり、熱い液体が胃に染《し》み渡《わた》るほどに俺は懐疑《かいぎ》的になってきた。

やっぱり裏があるのか。

SOS団唯一《ゆいいつ》の先輩《せんぱい》、朝比奈みくるさんが様々な状況《じょうきょう》証拠《しょうこ》から勘案《かんあん》して未来人であるのは間違《まちが》いない。何か理由があって現在に来ている。理由と関係なくSOS団のマスコットになっているのはハルヒによる横暴のたまもので、本来の職務はそんなことではなかったはずだ。

そうだな。ハルヒを監視《かんし》するのが通常業務で、たまに俺を過去に連れて行ったりして事件の本質に絡《から》ませたり何やしたりするのが彼女に下されている任務であり、どう考えてもそっちがメインだ。

今日もそうなのだろうか。この茶葉の買い出しも、その後に続く新たな事件の前フリになっているんだろうか。そして朝比奈さんはそれを知っているのか？　にしては、若干《じゃっかん》自信なさそうな表情と言動なのが気がかりであるが……。

いよいよ団子も食い終わって会計時、朝比奈さんは俺からの金銭譲与《じょうよ》を固く拒否《きょひ》した。

「いいんです。今日はあたしのお願いで来てもらったんだから。ここもあたしが」

いや、そういうわけにはちょっと、ここはあっさり引き下がるわけにはいかん。

「本当にいいの。だって、いつもキョンくんには奢《おご》ってもらってるもの」

それは集合場所に最後にやって来たヤツが団員全員に奢るというハルヒが勝手に決めた罰金《ばっきん》制度で、なぜかいつも遅《おく》れるのは俺の役回りだから俺ばかりが支払《しはら》い係になっているだけのSOS団的悪《あ》しき風習でしかない。今の状況《じょうきょう》はそんな風習とは違ってせっかくのツーショットであり、財布《さいふ》の中で細々と出番を待っている現金たちも払われがいが段違いにあると思うんですけど。

「お願い」

朝比奈さんは拝むように俺を見つめ、

「あたしに出させて」

そのあまりの真摯《しんし》な面持《おもも》ちによって、俺は無意識にうなずかされていた。

その後、デパートを出た俺と朝比奈さんは真冬の寒空の下、行き先も思いつかないまま休日の人の流れを眺めるともなしに眺めていた。

用事が済んだ途端《とたん》に「ではさようなら、また明日」では芸がなさすぎるだろう？　俺はそこまでクールでも朴念仁《ぼくねんじん》でもなく、そして日が暮れるにはまだ相当の猶予《ゆうよ》がある。冬至は一ヶ月も前に過ぎ、太陽の南中はこれから当分遅《おそ》くなる一方なのだ。

さあ、どこに誘《さそ》おうかと考えていたら、先に提案をされた。

「ちょっとお散歩に付き合ってくれませんか？　ね、いい？　キョンくん……」

また、拝むような目をしている。そんな腰から下がコンニャクゼリー化しそうな顔と声で言われたら抵抗《ていこう》しようもありませんよ。

朝比奈さんは霞《かすみ》がかった微笑《ほほえ》みで、

「こっちへ。行きましょう」

迷いなく歩き出した。残念、腕でも組んでくれないかと思っていたのだが、そこまで期待するのは高望みがすぎるというものだろう。

俺は冷たい風に肩《かた》をすくめながら、小柄《こがら》な上級生の後を追った。

そうやってしばらく、つれづれ歩きが続けられた。

どうやら目的地は決まっているらしく、朝比奈さんは時折俺が横にいるのを目で確《かく》認《にん》しながら黙《だま》って歩を刻んでいる。

俺も何も訊《き》かずに朝比奈さんに歩調を揃《そろ》えていたが、歩くほどに今日の彼女はどう考えてもかなりおかしいとますます悟《さと》り始めていた。

何と言うのだろうね。通常モードの朝比奈さんはもっとファニーな物腰《ものごし》で、見ている人間を微笑ましくしてしまうような仕草が可愛《かわい》いのだが、今日の今に限っては、まるで物理の試験がある日に通学路を登る俺と谷口のような足取りだった。

おまけに周囲に向けてピリピリした目線を走らせてたりもする。

何者かにつけられているのを気にしているような……いや、違うな。気にしているのは背後ではないようだ。朝比奈さんの注意はあくまで前方ないし斜《なな》め前くらいの範《はん》囲《い》だろう。オリエンテーリングでチェックポイントを見逃《みのが》すまいとしている小学生のようなキョロキョロぶり、挙動不審《ふしん》者かおのぼりさんの典型みたいなボディアクトである。これが幼顔のグラマー美少女ではなくいい年こいたオッサンで、パトロール中の警察官に出くわしたなら完全に職質ものだが、朝比奈さんクラスの可愛さなら大抵《たいてい》の犯罪は許される域に達しているので問題はなかろう。問題はそんなことではないのだが。

そうやって朝比奈さんの素振《そぶ》りばかりを気にしていたせいだと思う。

何となく懐《なつ》かしい気分になっている自分に気づいて、俺は立ち止まりそうになった。懐かしいも何も、このあたりはほとんど生まれてからずっとうろついていたような土地だし、けっこう度々《たびたび》目にしている風景なのに、どうしてそんな気分が――。

「ああ……」

口の内部のみに納得《なっとく》の息を回流させる。なるほど。

駅前からここまで歩いてきたこの道筋。覚えがあるに決まっているし、郷愁《きょうしゅう》を感じるワケも一瞬《いっしゅん》にして理解できた。

去年の五月、第一回SOS団不思議探し大会がハルヒによって発令されたことは忘れがたい記憶《きおく》の一項目《こうもく》だ。特にくじ引きの巡《めぐ》り合わせで俺と朝比奈さんがあてどない散策に出向いたあの日の思い出は、少々の打撃《だげき》を頭蓋《ずがい》にくらったとしてもそうそう記憶から消失することはないだろう。

そうだ。まさに今、俺たちが進んでいるのは、その時と同じ道のりなのだ。懐かしさの正体は朝比奈さんとその道をなぞるように歩いているという同一シチュエーションによるものだ。そういやあれからまだ一年も経《た》っていないのに、えらく前のことだったような気もするね。何しろ朝比奈さんが未来人だってのを今でこそ疑いもしていないが、その時点での俺はまだ知らなかったんだからな。葉桜が立ち並ぶ川沿いのベンチで爆弾《ばくだん》発言を聞くまで、俺は彼女のことを単なる幼顔で胸の大きい弄《いじ》られキャラだと思っていた。

何もかも過ぎ去った風景の一つさ。まさしく過去だ。ゆえに懐かしい。

思惑《おもわく》通り、朝比奈さんはどんどん思い出深い地へと向かっていた。ただし大草原の草食動物的キョロキョロぶりは健在、加えてやたらと腕《うで》時計を気にしていらっしゃる。声をかけても返事を期待できないくらいに変な様子を続行中だ。

ひたすら吐《は》く息を白くさせつつ、俺たちは黙々《もくもく》と歩き続け、やがて例の場所にたどり着いた。

川沿いの桜並木。

去年には春と秋で天然二期作を為《な》し遂《と》げてくれたソメイヨシノが整列する散歩道である。今年の春に咲《さ》く余力が残っているといいんだけどな。

感慨《かんがい》深く思う俺だったが、朝比奈さんはどうでもいいらしい。例の未来人的爆弾発言を放ったベンチを通り過ぎたときも、まったく気づきもしないようだった。上の空を現在最も体現しているのが朝比奈さんだ。いったい何をそこまで気にしているんだろう。

俺が心寂《きび》しく思っていると、ふと小さな独り言めいた声が、

「まだなの……？」

朝比奈さんはまた腕時計を見ている。

「もうそろそろ……。でも……もう」

自分が声を漏《も》らしていることにも感づいていないようで、ふうっと溜息《ためいき》をついて再びキョロリとする。

気づいていないふりをしてあげようと俺は思い、歩くことに専念する。

やれやれ。デートだの何だのと浮《う》かれ気味だったことすら遠い過去のようになっちまった。もう少し風情《ふぜい》のあるそぞろ歩きが希望だったのだが、そうウマいことといかないもんだよ。人生そんなもんさ。だろう？

花びらどころか葉の一枚さえない質素な桜どもも背後へと消えた。

朝比奈さんは川の上流へと向かっている。このまま行けばもっと見覚えのある建物が視界に入る頃合《ころあ》いだった。そこには長門のマンションがある。さらに進めば北高まで行ってしまいかねないルートだぜ。

本格的に散歩してるおかげで身体《からだ》が暖まってきた。ポカポカするのはすぐ隣《となり》に朝比奈さんがいるからだけではなさそうだ。

やがて俺たちは川沿いの遊歩道から土手を下って県道へと出た。今度は私鉄の線路がすぐ脇《わき》を走っている。そういやいつの日かここをハルヒと歩いたっけな。

つづけざまに思い出がぶり返し、俺は少々注意散漫《さんまん》になっていたようだ。

「キョンくん、こっちです」

「へ？」

朝比奈さんが裾《すそ》を引っ張ってくれなければそのまま通り過ぎるところだった。

「道を渡《わた》ります」

線路の踏切《ふみきり》近くの十字路だった。朝比奈さんが指さしているのは県道の対面、横断歩道脇の信号はドントウォーク、赤を表示している。

「ああ、すみません」

俺は謝っておいて、朝比奈さんの横に改めて並ぶ。渡るべき車道は閑散《かんさん》としたもので車の影《かげ》もなかったが、生真面目《きまじめ》に信号待ちするのも実に朝比奈さんらしかった。待つこと十秒もなかったろう。県道の信号が青から黄色に変わり、すぐに赤色を点灯した。入れ替《か》わりに歩行者信号が青になる。

朝比奈さんとほぼ同時に、俺は道を渡るべく一歩踏《ふ》み出した。

その時——。

真後ろから小さな人影が勢いよく飛び出した。

「あっ」

という小声の叫《さけ》びは朝比奈さんのものだ。

人影は俺の横を走って横断歩道を駆《か》け出していく。小学生くらいの少年だった。俺の妹と同じくらいの年齢《ねんれい》に見えたから、小四から五といったところだろう。眼鏡《めがね》をかけた利発げな子供だった。

「あっ!」

今度は大きな叫びを上げたのも朝比奈さんだった。その叫びに耳障《みみざわ》りな騒音《そうおん》が重なって耳に届き、俺は目を見開いた。

踏切から凄《すご》い速度で出現した車が、タイヤを軋《きし》ませながら右折してきた。県道の信号は赤だ。にもかかわらず、その車——モスグリーンのワンボックスカーだ——は、おかまいなしに横断歩道へと突《つ》き進んでくる。減速の気配はない。

その時——。

県道の半ばに達していた少年は危険を感じ取ったのか立ち止まった。

車が迫《せま》る。信号無視を決行したその車の運転手は制限速度をも守る気がないようだった。俺は撥《は》ね飛ばされる少年の未来を予想し、だが予想した時にはすでに身体が動いていた。

「この、バカ野郎《やろう》!」

子供か車かどちらへの罵倒《ばとう》か解《わか》らないようなことを喚《わめ》きつつ、俺は走った。感覚的にはスローモーションのようだったが、さて、第三者的観測者からすれば一瞬のことではなかったかと思う。

「うおお！」

とにかく間に合った。呆然《ぼうぜん》としている眼鏡少年の襟首《えりくび》をつかむと、思いっきり後ろへ放《ほう》り投げてやったのである。その勢いのまま俺も尻餅《しりもち》をつく。

猛然《もうぜん》と加速する車が、ほんの目の前をあっという間に消え去った。

どっと汗《あせ》が噴《ふ》き出してくる。

ギリギリだった。暴走車のタイヤは爪先《つまさき》と数ミリも離《はな》れていない空間を通過していた。文字通りあと一歩踏み出していたら、俺の足首から下はそろそろ換《か》え時の靴《くつ》と一緒《いっしょ》に平面状になっていただろう。

真冬だってのに滲《にじ》み出た冷たい汗はなかなか気化してくれなかった。あまりありがたくない意味で身体がかっかしている。

「あの野郎！」

どの野郎かは知らんが、とりあえず俺は一瞬引いた血の気を頭に上らせながら走り去った車に殺意を向けた。

「なんて運転しやがる。信号無視にスピードオーバーに殺人未遂《みすい》だぞ。朝比奈さん、ナンバー見えました？」

小僧《こぞう》と転がるのに忙《いそが》しくてそこまで目が届かなかった。朝比奈さんの動体視力に期

待しながら見上げると、

「これだったんだわ……」

何だ？

愕然とした様子の朝比奈さんが目を見開いて立ちつくしている。いや、それは意外じゃない。あわや交通事故というシーンを目前にしたら驚《おどろ》きおののくのも無理はないからな。

俺が意外に思ったのは、朝比奈さんの顔に浮かび上がっているのが単なる驚愕《きょうがく》の表情だけではないことだ。

「だから……そうだったの。それで、あたしをここに……」

つぶやき声を漏らして、朝比奈さんはあわや危機《きき》一髪《いっぱつ》だった少年を見ていた。

天使的な美しく愛らしい顔に驚きと混じって表れているのは、奇妙《きみょう》なことに何かを理解したかのような色である。

俺がワケがわからず尻餅をついたままでいると、朝比奈さんは幾分《いくぶん》青白くなった顔のまま硬《かた》い動作で歩み寄ってきた。残念ながら俺に向かってではなさそうだ。彼女の視線は俺の横でぺたんと座り込んでいる少年にだけ据《す》えられている。

撥ねられかけたショックか、眼鏡の少年もまたポカンと頭が真っ白になったような顔でいたが、朝比奈さんに気づいてぱしぱしと瞬《まばた》きをした。

「ケガしてない？」

アスファルトに膝《ひざ》をつき、朝比奈さんは少年の肩《かた》に両手を置いた。カクカクとうなずく少年に、彼女はさらに意外な言葉を投げかけた。

「ね、お名前を教えてくれる？」

どうして名を問う必要があるのかが解らないが、その質問に、少年は素直《すなお》に応じた。少年の名は俺にはまったく聞き覚えのないものである。しかし朝比奈さんの耳は違《ちが》っていたようだ。

少年の自己紹介《しょうかい》を聞いた途端《とたん》、朝比奈さんは呼吸も忘れたように、まるで長門のモノマネをしているかのようにピクリともせずに、じっと少年の顔をのぞき込み続け、やがて大きく息を吸って吐《は》き、そして言った。

「そうなの……。あなたが……」

少年の口はまだ閉じない。暴走車のフロントグリルと正面衝突《しょうとつ》一秒前という恐怖を味わったかと思ったら、今度は美人のお姉さんが目の前にかがみ込んで名前を訊いてきたのである。そりゃ誰《だれ》だって脱《ぬ》け殻《がら》のようになっちまうだろうさ。気持ちはよく解るぜ、眼鏡くん。

しかし朝比奈さんだけはシリアスだった。

「ねえ、あたしと約束して」

部室ではついぞ見たこともないような緊張感《きんちょうかん》に張りつめた顔で、

「これから……何があっても車には気をつけて。道を渡るときも、車に乗ったときも。ううん、飛行機にも電車にも、それからお船にも……。ケガしたり落ちたりぶつかったり……沈《しず》んだりもしないように、ずっと注意するの。約束して欲しいの」

少年も驚いただろうが、俺も驚いた。何もそこまで言うことはないと思ったからな。いくらなんでも大げさだろう。

「お願い……」

瞳《ひとみ》を潤《うる》ませた朝比奈さんが絞《しぼ》り出すように放つ嘆願《たんがん》の言葉に、俺が少年の代わりにイエス、マム！　と絶叫《ぜっきょう》したい心持ちが高まったあたりで、

「うん」

少年が首肯《しゅこう》した。ワケが解《わか》っていないなりに空気を読んだか、じいっと朝比奈さんを見つめつつ、

「気をつける」

棒読みでそう言った。こくこくと首を動かす様は、まるでバランスの壊《こわ》れたヤジロベーのようでもあった。

朝比奈さんはまだ満足しないらしく、片手の小指を立てて差し出した。

「じゃあ、約束。ぜったいよ」

おずおずと応じる少年と指切りげんまんする朝比奈さんに、胸の片隅《かたすみ》がちいとばかり痛む。ジェラシーというヤツだ。彼女とそうするのは俺だけであって欲しかったという身勝手な希望的観測さ。まあ相手が子供だし、俺も転んだフリして邪魔《じゃま》するほどにはガキではないものの、ようやく朝比奈さんが立ち上がったときにはホッとしたからまだまだ大人にはなりきれていないようだぜ。それがいいのか悪いのかは解らんが。

横やりを入れる代替措置《だいたいそち》として、俺は信号を見上げて言った。

「朝比奈さん、そろそろ信号が変わりますよ。道の真ん中はヤバい」

横断歩道の青信号が点滅《てんめつ》を開始していた。

「うん」

ようやく立ち上がった朝比奈さんは、それでもまだ眼鏡《めがね》の少年を見つめていたが、少年のほうはちゃんと雰囲気《ふんいき》を感じ取れるだけの才覚はあったようだ。ぺこりと頭を下げて、

「危ないところを救っていただき、ありがとうございました。以後気をつけます」

こまっしゃくれた口調で丁寧《ていねい》な礼を述べ、

「それでは失礼します」

再び一礼して、すたたたっと駆《か》けて県道の向かいへと走り去った。いちもくさんに。

朝比奈さんは動かない。子供特有の俊敏《しゅんびん》さを見せて彼方《かなた》へと消えゆく少年の背に大

切な宝石を見るような視線を据えたままだ。

さすがに見かねた。

「朝比奈さん、もう赤ですよ。こっちに」

俺は冬服普段着《ふだんぎ》姿の美麗《びれい》な後ろ姿を強引《ごういん》に引き寄せて歩道に戻《もど》した。言いなりになる朝比奈さんの身体《からだ》は知らないうちにベッドに潜《もぐ》り込んでいたシャミセンのように弛《し》緩《かん》している。抱《だ》きしめたらさぞ柔《やわ》らかいに違いない。やらないけどもだ。

信号が完全に赤くなるのと同時に、

「うっ……」

嗚咽《おえつ》するような声が俺の斜《なな》め下から聞こえた。発生源は朝比奈さんで、くぐもっているのはその顔が俺の腕《うで》に押しつけられているからでもあった。

え？　とか思う。

朝比奈さんは俺の腕に顔を寄せ、ぴくぴくと肩を震《ふる》わせていた。笑っているのではなさそうだ。

「うう、うっ。うっうっ……」

閉じた二つの目から透明《とうめい》な液体がこぼれ落ちて俺の衣服に染《し》みこんでいく。子供のように、朝比奈さんはしがみつき、ポロポロと涙《なみだ》をあふれさせていた。

「なっ、何ですか？　朝比奈さん、ちょっと、その」

今まで幾度《いくど》も理解不能な局面に立ち会ってきた俺だったが、これは最大レベルの困惑《こんわく》だ。どうして泣いてんだ？　あの少年は助かったじゃないか。誰も死んでないし、喜びこそすれ悲しむところではないんじゃないか？　それとも激ヤバなシーンに居合わせたショック症状《しょうじょう》なのでしょうか。

「いいえ」

朝比奈さんは鼻声で答えた。

「……情けないの。あたしは……何も解っていない……なんにもできてない」

いやあ、そう言われてもやっぱり解らないですよ。

しかし彼女は泣き続けるばかりで、意味のある話を続ける気力を失っているようだった。ただ抱き上げたシャミセンが落とされまいと爪《つめ》を立てるのと同じように、俺の服を両手でしっかり握《にぎ》りしめて顔を埋《うず》めていた。

何なのだろう、これは。

謎《なぞ》が渦巻《うずま》いている俺の頭だったが、一つだけ明瞭《めいりょう》な解答を出せたと感じている。

今日のイベントはこれで終わった。朝比奈さんからデートもどきの申し込みを受け、不可思議な散歩に終始していた本日の出来事は、たぶんこれで終幕だ。

その程度の推理は古泉じゃなくともできるのさ。

寒気のきいた冬空の下で、突然《とつぜん》泣き出したふわふわな上級生に上着をひっつかまれて立ち往生という状態をいつまでも続けるわけにはいかなかった。

なぜなら大抵《たいてい》の道路には人目というものがあって、そんな二人組に面白《おもしろ》そうな顔を向けては何やら言いたげにしつつ通り過ぎていくからだ。この寒いのに外で何やってんでしょうかねえ、みたいな心の声を俺たちの前を通った人数分聞いたあたりで、

「朝比奈さん、とにかくどっかに移動しましょう。落ち着ける所まで。えーと、歩けます？」

俺の二の腕に顔を押しつけたまま、栗色《くりいろ》の髪《かみ》がわずかに上下する。

おぼつかない足取りの朝比奈さんに合わせて俺は注意深く歩き出した。くっつき泣き虫と化した上級生を伴《ともな》っているせいで、どうしても緩慢《かんまん》な歩き方になってしまうが、まあこれも願ったり願わなかったりだな。ただ一つ願うのはこれを同じ学校の男子生徒に見られないことくらいである。朝比奈みくる原理主義的ファンに刺《さ》される確率がぐんと上昇《じょうしょう》するだろうし。

「どこ行きましょうか」

人目に付きにくく、休めそうな所。寒さをしのげることができたらもっといい。思いつくのは喫茶店《きっさてん》くらいだが、泣き濡《ぬ》れる美少女と差し向かいで座るのは若干《じゃっかん》座りが

悪くなりそうだ。

実はさっきから進行方向に見えている建物が気になっていて、そこは長門の住む高級マンションである。頼《たの》めば部屋にあげてくれそうだが、今はそうしないほうがいいような気がした。

なら、行くところはあそこくらいだ。長門宅の近所にある変わり者の聖地たる場所がすぐそこに迫《せま》っていた。様々な思い出が封《ふう》じ込められた、あの公園さ。川沿いのベンチはスルーだったが、この際だ、もっと色々なことがあったあっちのほうで手を打とう。

少なくとも座ることくらいはできる。もしかしたら背後の植え込みから誰《だれ》かさんが出てきたりすることだってな。


このくそ寒いのに公園でたむろする人間は思いきり少数派のようで、例のベンチはチケット手配済みの指定席のように無人で山風にさらされていた。

俺は朝比奈さんを座らせてから、ちょっと間隔《かんかく》を意識して隣《となり》に座る。そっと横顔をうかがうと、うつむいた頰《ほお》にはまだ涙の線がくっきり浮《う》き出ていた。

俺はあらゆるポケットをまさぐってハンカチを探し求め、指先はむなしく衣服の生《き》地《じ》を掻《か》くに止《とど》まった。しまったな、今日に限って持ってない。他《ほか》に朝比奈さんの涙を吸い取るに値《あたい》する布きれはないか、あるいはいっそシャツの裾《すそ》を引きちぎろうかと考えていると、

とす。

柔らかい感触《かんしょく》が俺の肩《かた》に軽くかかり、その正体は朝比奈さんのおでこだった。嗚咽の続きを今度は肩口が聞くことになったようだ。その部分が非常にムズムズする。目と目の間に指を近づけられたら触《ふ》れてもないのに肌《はだ》が勘違《かんちが》いしやがるだろ。それと似たようなものさ。もっとも俺は実際に触れられているわけで、さすがに弱ってきた。

「缶《かん》コーヒーでも買ってきましょうか」

名案のつもりであったが、栗色の髪は緩《ゆる》くかぶりを振《ふ》ったのみ。

「缶ウーロンのほうがいいですか？」

押し当てられた額がむずかるように微動《びどう》する。左右に。

俺は自販機《じはんき》のメニューを思い出せる限り脳裏《のうり》に描《えが》きつつ、

「じゃあ、」

「……ごめんなさい」

弱々しい声がやっとのことで届いた。まだ顔は俺の肩にあたったままなので表情は見えない。しかし俺には朝比奈さんがどんな感情を面《おもて》に出しているのか見なくても解《わか》

る。彼女がごめんとか言う時は、本当にもうしわけないと思っている時だけだ。

俺は何も言わないことにして、続く朝比奈さんの言葉を待った。

「あたしがキョンくんを誘《さそ》ったのは、さっきの子供さんを助けるためだったんです。今まで解らなかったけど、今やっと解りました。このためなの。これだけのため」

もう少し続きを。

「あたしは……上の人に言われてキョンくんを誘ったの。出かける場所も、通過ポイントごとの時間も全部、命令されたものだったんです。あの子が事故に遭《あ》わないように、無事に回避《かいひ》させるように……、それがあたしの使命だったんだわ」

上の人か。俺は朝比奈さん（大）の微笑《びしょう》を思い出した。

「ちょっといいですか？　だったらその上の人とやらも、もっとハッキリと言えばよかったじゃないですか。何時何分、あの交差点でナントカいう名の少年が飛び出さないように見張ってろ、とか」

「ええ……あたしも教えて欲しかった。でもダメなんです。あたしは何も教えてもらえないの。きっとあたしが能力不足だからだわ……命令に従ってるだけ。今日だって」

また朝比奈さん大人バージョンのナイスなスタイルがちらついた。

「そういうわけでもないいんじゃあ……」

取り繕《つくろ》うように言う俺に対し、栗色の髪は今日一番の横移動をする。

「いいえ、そうなんです。こんな重大な役目だったのに、全然知らされないなんて、普通《ふつう》だったらありえない。どうして……こんな……」

消えかけていた嗚咽が復活してしまった。話を変えて様子も変えよう。

「だいたい、あの子供は誰だったんですか？」

ぐすぐすと鼻を鳴らしていた朝比奈さんは、しばらく間を空けてから、

「……あの人はあたしたちの未来にとって、とても大切な人です。あの人がいたからあたしはこの時間帯にいられる。なくてはならない人だったんです……」

小さい声はますます消え入りそうに、

「それ以上のことは……ごめんなさい……」

つまり誰だか知らないが、あの少年をここで亡《な》き者にするわけにはいかなかったということか。それで事故を未然に防ぐために朝比奈さんが命を受け、俺を連れてその場に居合わせるという計画で、──と。

もし、あの眼鏡《めがね》少年の背をつかむのが一秒でも遅《おく》れていたら、彼は爆走《ばくそう》してきたワンボックスカーのバンパーとまともに正面衝突《しょうとつ》していただろう。その結果として少年がどうなったかは解らないが、おそらく最悪の結末を迎《むか》えたように思う。奇跡《きせき》でも起こらない限り、少年はこの世からグッドバイを宣告されていた可能性が高い。

「ん？」

待てよ、どっちが正しい歴史なんだ？　俺は少年を助けた。これは今の現実だ。では未来ではどうなっていたんだ？　朝比奈さんの未来にとって少年が今日ここで事故に遭うというのはすでにあった歴史だったのか？　それだと困るから朝比奈さんと俺を使って助けた……。

いや、おかしい。

俺が助けたということは、あの少年が事故をすんでのところで回避したのは歴史的事実のはずだ。それは未来でも同じになっていなきゃならない。でないと、朝比奈さんの未来はこの現在と地続きでないということになってしまう。ならば、未来としては少年は事故に遭わなかったのだから、わざわざ過去に戻《もど》って助ける必要もなく……でもそれでは事故に遭うから……。

「痛《いて》て……」

頭の芯《しん》がずきずきする。

どうもいかんね。難しいことを考えていると耳から焦《こ》げ臭《くさ》い煙《けむり》が出てきそうになるぜ。

「よく解りませんね」

俺は正直なところを口にした。

「あの子供が事故に遭ったのか、遭わなかったのか、どっちが正しい事実だったのか、俺にはうまく理解できませんが」

迷うように頭を揺《ゆ》らし、朝比奈さんは水滴《すいてき》のような声で、

「未来から来ている人間はあたしたちだけじゃないんです。あたしたちの未来を望まない人たちだっているの……。だから……」

モスグリーンのワンボックスカー。殺意に満ちた暴走。

「もしかして……」

様々な記憶《きおく》が同じことを叫《さけ》び始めた。

一つは朝倉涼子《あさくらりようこ》だ。あいつは長門と別の意見を持っていた情報統合思念体内の急進派だった。

もう一つは古泉が言っていた『機関』以外の別組織。なにやら水面下で抗争《こうそう》しているとかいう冗談《じようだん》っぽい話を聞かされた覚えがある。

またもう一つは最も記憶に新しい。あの雪山で遭遇《そうぐう》した館《やかた》の創造主。長門にすら解《かい》析《せき》できなかった謎《なぞ》の異空間。我々SOS団の敵、とか古泉は呼んだ。

そのうちのどれかの仕業《しわざ》か。敵。イヤな言葉だ。

本来なら生きていなければならない人間を過去の段階で抹消《まつしよう》する。あの少年が生きていては困る連中がどこかにいるというのだろうか。

あたしたちの未来を望まない人たち――。

どこの誰で何者だ？

「それは……」

朝比奈さんの唇《くちびる》が小さく震《ふる》えた。言葉を発しようとして、すぐにあきらめの表情を作った。

「……今のあたしには言えません……まだ、ダメみたい」

また泣き声モード。

「それが情けないの。自分が、とっても。あたしは何もできない。解《わか》らせてもらえない」

そうではない。

朝比奈さんは何もできないんじゃない。できないようにされているだけだ。そうしているのは朝比奈さん、もっと未来のあなた本人なんですよ。

とは言えなかった。

最初の七夕騒動《そうどう》時、俺はやはりこのベンチで大人版朝比奈さんと約束をしていたからだ。指切りまでした。

『わたしのことはこの子には内緒《ないしょ》にしておいてください』

いつまで有効な拘束《こうそく》力を持つ言葉なのかは解らない。解らない以上、俺はこの朝比奈さんにも言えない。自分でも解らん。だが言わないほうがいいような気が物凄《ものすご》くするんだ。

俺の沈黙《ちんもく》をどう受け取ったか、朝比奈さんは恥《は》じ入るような声で言った。

「さっきだって、あの子を助けてくれたのはキョンくんでしょう？　未来の人間がダイレクトに干渉《かんしょう》するのは、ものすごく厳密に制限されているから……」

そうなのか。

「過去を変えるのは、その時代に生きている人じゃないとダメなんです。それ以外のことはルール違反《いはん》だから……」

それで俺の出番だったというわけか。

「あたしは上の人に言われて、何にも知らないまま従っているだけ。自分がやっていることの意味もわかってないんです。そう考えると、すごく……自分がバカみたいで」

そんなことはない。

「もっと色んなことを教えてくれるように、がんばって申請書《しんせいしょ》を書いてるんですけど、いつもリジェクト。それはあたしがダメダメだからなんです、きっと」

だから、そうではない。

俺はとうとう口を開いた。

「何もしてくれてないわけないですよ。あなたは充分《じゅうぶん》すぎるくらい、俺にもＳＯＳ団にも世界にも貢献《こうけん》してくれている。気に病《や》むことはないんだ」

ふっと顔を上げた朝比奈さんだったが、涙に濡《なみだぬ》れた瞳《ひとみ》はすぐに地面に落ちた。

「……でも、あたしはお洋服をいろいろ着替《きが》えることくらいしか……」沈《しず》んだ声だった。「それに……あの時だって、あたしは何も解らないまま……」

そのぶん俺の声が浮上《ふじょう》する。あの時、十二月十八日――

「違《ちが》います」

俺にしては明確な意思表示だったと思う。朝比奈さんもそう思ったらしく、ちょっと驚《おどろ》いた顔で見上げてくれた。

断じて朝比奈さんはただのお茶くみメイドマスコットなんかじゃない。俺は艶《つや》やかに微笑《ほほえ》むグラマラスビューティ、成長した朝比奈さんを脳裏《のうり》に浮《う》かべた。

白雪姫《しらゆきひめ》。ハルヒと一緒《いっしょ》に閉じこめられた閉鎖《へいさ》空間から帰って来れたのは彼女の一言ヒントがあったからだ。

三年前の七夕。朝比奈さんといったん時間遡行《そこう》していたから、俺は朝比奈さん（大）のもとに向かい、待機中の長門に助力を仰《あお》ぎに行けた。

そして、別の歴史に変化していた世界を元に戻しに行くこともできた――。

ああ、そんときの話がまだだったな。少々長い話になりそうなので詳細はまた近いうちに説明するが、手短に言うと俺たちがそれをやったのは冬合宿が終了してすぐのことだ。俺と長門と朝比奈さんの三人であの時へと時間遡行し、そこで俺は虫の息の自分と、長門は改変後の自分と出会い、すべきことを果たした。そこまではこの朝比奈さんの記憶にもあるはずだ。しかし俺や長門と違って朝比奈さんはそこに未来の自分がいたことに気づけなかった。朝比奈さん（大）がそうした。

　間違いないのはどちらも同じ朝比奈さんだってことだ。俺のことを知らなかった改変時空の朝比奈さんとは違う。長門風に言うなら異時間同位体ってやつだ。

　今のこの朝比奈さんが上司だかなんだかの指令で解らないまま動いているにすぎないらしい、というのは明白で、させているのは、やはり朝比奈さん（大）だろう。大人になった朝比奈さんは自分が何を知り、何を知らずにいたかを正確に知っている。自分自身のことなのだから。

　今の朝比奈さんが知っていいことなら、朝比奈さん（大）がとっくに教えている。そうでないということは、俺が教えて差し上げることもできない。あの時そこにいたのが誰だったか、ここで言うわけにはいかない。朝比奈さん（大）はそう望み、俺は約束をした。

　確かにだ、あなたより心持ちグラマー美女となったあなたが未来から来て色々やってくれました、と言ってのけるのは簡単さ。どのくらい簡単かというと、二度目の時間遡行で例の七夕の夜に戻った俺が、公園のベンチで膝枕《ひざまくら》されていた俺をたたき起こし、そいつにすべてをゲロるくらいに簡単なことと言える。もちろん俺はそんなことをしなかったし、されてもいない。されていないからこそ、してはいけなかったのだ。

その代わり、俺はしなければならないことだけはしたはずだ。

今の朝比奈さんはいつか未来へと帰ってしまう。そうして朝比奈さん（大）としてまた俺たちを助けに戻ってきてくれる。確かに今の彼女はSOS団専属メイドを天職としてもいいくらいだが、だからといって無駄《むだ》にそうしているわけじゃない。ちゃんと繫《つな》がっている。今があったから未来もある。ここで違《ちが》う要素を入れてしまえば、おのずと未来も違ってきてしまうのだろう――。

ここまで考えて、俺は気づいた。

「そうか」

言いたい。でも言えない。言うわけにはいかない――というこのムズ痒《がゆ》さをどう表現すべきか理解できた気がする。これがアレなんだ。

去年の春、第一回不思議探しツアーを思い出せ。朝比奈さんと並んで歩き、葉桜の茂《しげ》る下で彼女から聞いた未来人告白と時間旅行の理屈《りくつ》をだ。説明になっているのかなっていないのか解《わか》らんような、時間平面がどうしたとかいう要領を得ないトンデモ講義。

あのとき、何を訊《き》いても彼女はこう答えた。

『禁則事項《じこう》です』

今俺が感じている感覚は、きっと当時の朝比奈さんが感じていた思いと同じもののはずだ。そう、ここで彼女に教えてあげるわけにはいかないんだ。

「朝比奈さん」

しかし、それでも何かを伝えたくて、俺は口を開いた。

「はい？」

朝比奈さんは潤《うる》んだ瞳を大きく開いて俺を見つめている。

「ええと、ですね。実は……朝比奈さんは……何というか、けっしてハルヒのオモチャ代わりではなくて、あー、何だ。水面下というか、背後でというか、えー。うう」

言葉を選びながらの俺のセリフは、結局長くも続かず尻切《しりき》れで終息することとなった。ダメだ、何を言っても余計なことを口走りそうである。もどかしいったらねえな。

部室でちょこまかしてくれてるだけでお腹《なか》いっぱいです、くらいの無難な慰《なぐさ》め方しか思いつかん。ここに古泉がいたら気の利《き》いた気障《きざ》セリフを一ダースほどレクチャーしてくれそうだったが、あいつだろうが長門だろうがホイホイと世話になるのは、もう慎《つつし》んでいたいんだ。これは俺の問題だ。

といってもニホンザルにハイエンドPCをくれてやったとしてもマトモな使い方をしないのと同じで、俺の頭脳も何か現状打破のためになるボキャブラリーをアウトプットしたりはしなかった。

「あのですね……いや……」

肉体的なアクションを与《あた》えてやれば電流の走りもよくなるかと思い、頭を抱《かか》えて側頭部をノックしても同じことで、

「……うーむ」

結果として俺はうんうんと唸《うな》りながらこめかみをグリグリし続けた。

朝比奈さんがこう言うまで。

「キョンくん、もういいです」

慌《あわ》てて顔を上げると、朝比奈さんは潤んだ目のまま、だがハッキリと微笑《ほほえ》んでいた。

「もういいです」

繰《く》り返し、

「わかりましたから。キョンくんのその……」

緩《ゆる》やかな笑顔を小さくうなずかせた。

わかった、って何が？　俺はまだ何も言っては——。

「何も言わなくていいです。それで、もう充分だから」

朝比奈さんは閉《と》ざした唇《くちびる》をほころばせ、俺に優《やさ》しげなまなざしを注いでいる。その目に浮かんでいるのはとてつもなく淡《あわ》くて、とんでもなく柔《やわ》らかい理解の色だった。

またもや俺は気づいた。

何をか？　決まっているじゃないか。

朝比奈さんが気づいた、ということに俺は気づいたのだ。

おそらく彼女は俺の煮《に》え切らない言葉と態度で、俺が彼女に伝えるべきではない何かを知っていると悟《さと》った。それは彼女が感じている無力感を遠くへ投げ捨てるようなことで間違いない。しかし俺はそれを言えない。なぜ言えないのか。そこまでたどり着けば出てくる解答はそんなに多くない。

「あ、」

俺が口を開きかけたとき、朝比奈さんの片手が悠然《ゆうぜん》と動いた。俺の唇に冷たくも温かくもあるものが触《ふ》れる。ピンと立てた人差し指が俺の口をふさいでいた。

充分《じゅうぶん》だから。

だから、これ以上言う必要はない。朝比奈さんは俺が発せないでいる言葉を受け取った。俺は彼女がそれを受け取ったということを知った。二人とも暗黙《あんもく》のうちに。

「うん」

朝比奈さんはゆっくり指をはずして、それからその指を自分の唇に当てた。まるで上達していない、ぎこちないウインク。

「そうっすね」

俺はそう言うだけにとどめる。

まさしく、言葉はいらないのさ。そうじゃないか？　これから投げようとする球種をキャッチャーに叫《さけ》んでからモーションに入るピッチャーはいない。この世にはサインという便利なものがある。最低限の伝達事項に言葉が必要ないんだとしたら、やっぱりそんなものは使うべきでないんだ。

なぜなら、使わなくても充分すぎるほど伝わる場合があるからだ。

それが気持ちってやつの特殊《とくしゅ》な性質なんじゃないかい。だろう？　言葉を要しない以心伝心。ならばもう、何も言うことはない。言葉は不要だ。必要以上の饒舌《じょうぜつ》は冗長《じょうちょう》なだけでなく無意味でもあるんだ。

朝比奈さんは微笑んでる。

そして俺も、ただ微笑み返しただけだった。

それでいいんだ。言葉の不備は気持ちで補完できるものなのさ。

翌日、月曜日。

放課後である。全員が普段《ふだん》通りにそろったSOS団アジトにおいて、昨日買って来たばかりのお茶を飲み終えた団長殿《どの》が言い出した。

「ねえ、キョン」

いつもより味わって飲んでいた俺と違い、ありがたみの何たるかをまったく教育されていないハルヒは七〇℃近い煎茶《せんちゃ》を約三秒で飲み干していた。百グラム六百円もしたんだぜ、少しは察しろってんだ。

「何だ」

俺は答えつつ、ベスト・オブ・プリティメイズなお姿でニコニコしている上級生を目の端《はし》に捉《とら》えている。

「あ、おかわりいります？」

朝比奈さんは空いたハルヒの湯飲みに新たなお茶を注《つ》ごうと急須《きゅうす》を手にしたところだった。

ハルヒは団長席にふんぞり返っていた姿勢を前のめりにし、組んだ両手の上にアゴを乗せて奇妙《きみょう》なセリフを放った。

「あたし、独り言を言うクセがあるのよね」

へえ、それは知らなかった。一年近く付き合っていて初めて聞く習性だぜ。

「それも周りに人がいてもおかまいなしに」

お前の迷言《めいげん》集を誰《だれ》かが編纂《へんさん》したくなる前に治療《ちりょう》したほうがいいように思うね。

「だから、今から独り言を言うわ。聞こえるかもしれないけど気にしないで」

何だそれは、と俺がつっこむ前に、ハルヒは妙に高らかな声で話し出した。

「あたしん家《ち》の近所にね、とっても賢《かしこ》くて素直《すなお》な子がいるのよね。ハカセくんみたいな眼鏡《めがね》かけてて、いかにも頭良さそうな顔してるんだけど。名前はね……」

最近どこかで聞いたに違《ちが》いない名をハルヒが告げ、室温に関係なく俺の背筋が寒くなる。

急須を傾《かたむ》けかけたまま、朝比奈さんも凍《こお》り付いていた。

ハルヒだけが調子を変えず、

「たまーに、その子の勉強見てあげてんの。んで、昨日もそうだったわけよ。でね、こんなことを言うわけよ。ウサギのお姉ちゃんが男の人と一緒《いっしょ》にいたってねーぇ」

ハルヒは不吉《ふきつ》な笑《え》みをひけらかしつつ、

「秋の映画撮影《さつえい》んときにロケ現場にいたらしいわ。バニーのみくるちゃんのことをちゃぁんと覚えていたわよ。ついでだから男のほうの人相風体《ふうてい》も訊《き》いてみたの。そのモンタージュがこれ」

どこからか取り出したノートの切れ端にヘタウマなタッチで描《えが》かれているのは、うむ、なんとなく毎日鏡の中で見ている顔に酷似《こくじ》しているような気がした。つうか、それ俺だよな、どう見ても。

「うふふふん？」

ハルヒは意味深に笑う。

あのガキ、なんつう口が軽くて絵心のあるヤツだったんだ。将来学者にでもなるんじゃなかったのか？　目指しているのは画家なのか？　そうと知っていれば買収してでも舌と手を動かないようにしておいたものを。

俺は視線をクロールさせながら救い主が割り込んで来やしないかと三秒ほど待った。朝比奈さんはガタガタ震《ふる》えているだけで声帯の機能を停止させており、ここで突然《とつぜん》新たな登場人物が扉《とびら》を開く可能性は低そうだったので、自然と目の赴《おもむ》く先は限られる。

「…………」

長門のマイナス４℃くらいに暖まった視線とぶつかった。なぜか胃が痛くなる。もう一人の古泉はハーフスマイルでノータッチを楽しんでいるし、待てよ、ひょっとしたらこの二人、全部解《わか》っていて黙《だま》っているな？

「んで？」

ハルヒは唐辛子《とうがらし》をまぶしたオブラートでワライタケの粉末を包んで飲んだ直後のような表情をして、つまり何だか表現しがたい笑みともヒョットコともつかぬ顔で言った。

「昨日、あんたとみくるちゃんが、どこで何をしていたのか言ってみなさい。ええ、きっと怒《おこ》らないから」

青いペンキをかぶったアマガエルのように青ざめていく朝比奈さんを横目で見ながら、俺は三ダースほどのアナコンダに囲まれたヒキガエルのように汗《あせ》を流し始めた。なにやら幻覚《げんかく》を見る思いだ。ハルヒから立ち上る原色のオーラが闘気《とうき》を形作り、長門の背後にある透明《とうめい》な壁《かべ》とぶつかって火花を散らしたようなというか、まあそんなのが。

「失礼」

古泉が立ち上がり、見えるはずのない火花を避《さ》けるように椅子《いす》を持って窓際《まどぎわ》に移動した。

そして、どうぞ続きをと言わんばかりに両手を広げて爽《さわ》やかスマイル。

おのれ古泉、あとでとっちめてやるぜ。ハイレートの賭《か》けセブンブリッジかなんかでな。覚えてやがれ。

「あー……。ええとだ……」

さて、今度はどんな嘘《うそ》っぱちを思いつけばいいのだろう。考えている余裕《よゆう》がないので誰でもいいから協力を乞《こ》いたい。できれば電報で頼《たの》む。速達では間に合いそうにないからな。

呻吟《しんぎん》する俺にハルヒが重ねて言った。

「教えなさい。あたしや有希や古泉くんにも解るように、最後までみっちりとね。でないと……」

ハルヒは息を吸い込み、わざとらしい笑顔を作って宣告した。

「二人まとめてとびっきりの罰《ばつ》ゲームをやってもらうからね！　そうねぇ、こんなのはどう？」

血の池地獄《じごく》に落ちるよりももっと恐《おそ》ろしい非道な計画をさらりと発表したハルヒの前で、俺と朝比奈さんは顔を見合わせて大いに震え上がった。


その後、部室で何がおこなわれたかは、特別言葉を費《つい》やす必要はないだろう。

ハルヒの不自然に不気味な笑顔と、長門のいつもよりそっけない無表情と、古泉の野次馬めいた微笑を一身に浴びることになった俺が、砂漠で野ざらしにされていたスポンジから水分を搾《しぼ》り取ろうとするかのようなイイワケ探しにあけくれたり、そんな俺の横で朝比奈さんがヤカンと茶筒《ちゃづつ》を抱きしめてひたすらおろおろしていたなんて――

あえて言うまでもないことだと思うんでね。

解説

辻《つじ》　真《ま》　先《さき》

まず、尋ねたい（誰に？　知らん）。

キョンとは果たして何者であるか。

これからズラズラ書きならべる文章は、ぼくなりに『キョン』の実体を読者に代わって推理推測するものだから、あーあー、そんな男はどうでもいい、俺が萌《も》えるのは朝比奈《あさひな》みくるちゃん（小）だけだと思う人は、読まなくて結構だ。

アレ、待てよ。今つい、みくる（小）と書いてしまったが、『動揺《どうよう》』までに（大）はもう読者の前に姿を見せていたっけか。なにせこのシリーズときたら、宇宙人精製の対人インターフェイスだの、〝機関〟派遣の超能力転校生だの、時をかける美少女メイドだのがワサワサ出演して、話の時系列も超高層ビルのエレベーターなみに上下するから、再読三読しても忘れ去るのだ（ボケたといわないでくれ）。せっかくなので注釈しておくが、みくる（大）もまた（小）に負けず劣らずの魅力を発散しており

（おなじ人間だから当たり前だが）、にもかかわらずぼくが一番に萌えるのは、図書室備品とタグのつく長門《ながと》有希《ゆき》であって、文句のある人は出てきなさい。

書きたいことを書いてから心配になったので、角川さんにもらったシリーズ第一作の『憂鬱《ゆううつ》』をこっそり読んで安心した。胸が三割膨大したみくる（大）が姿を見せていた。

えっと、自分がなにを解説してるのかわからなくなってきた。とにかく問題はキョンなのだ。これだけ周囲に変人奇人怪人がウヨウヨしているというのに、なぜ彼だけは普通だと胸を張って生きていられるのだろう？

情報制御下で窓が消え壁ばっかという奇怪な教室に投げ込まれ、否応《いやおう》なく世界のあり方について再考察する羽目になっても、キョンは常にキョンで在りつづける。これ凄《すご》いことだと思うのだ。魅惑のみくる異時間同位体に遭遇しても正気を失うことはなく、古泉《こいずみ》に宇宙のプランク定数を講義されたあげく見慣れた街角が一挙に暗灰色の閉鎖空間に切り替わっても、青く輝く神人《しんじん》の破壊行為が開始されても、気絶さえせずに「デタラメだな」と独り言をいってやがる。

こんな異世界に臨場して、よくも二本の足で立っていられるな、あいつ。

キョンはしばしば〝普通の人間〟を自称するが、断じて違うとぼくは信ずる。あれだけ怪異に晒《さら》されれば、普通の人間なら間違いなく壊れる。それなのにキョンときたら、いつもフツーで在り続けるのだ。改めて凄い奴だと呆《あき》れる。

ぼくもフツーのつもりでいたが軽く馬脚を現したことがある。米軍の空爆に焼き尽くされた名古屋の古い思い出だ。大人が爆弾になぎ倒され、五体満足な男は中学二年のぼくが最年長になった。寒空の川に飛び込みバケツリレーの先頭に立ちアドレナリンを全開してたら空襲が終わった。と油断したとたん、最後の編隊が頭上で焼夷弾《しょういだん》をばらまいた。その怖かったこと！　炎色の空を上昇気流に乗って海苔《のり》みたいな黒い四角が乱舞、風を切って舞い降りてくる。灼熱《しゃくねつ》したトタン板だ。波型の巨大剃刀《かみそり》が命中すれば確実に刻まれる。星々は死に絶え、赤くて黒い色彩が弾《はじ》け、まさに異世界の夜空であった。ぼくはあんな臆病者だったんだ。周囲まるごと殺意に変容したとき、誰が平常心でいられるか。

それなのにちゃんと常態に復帰できるキョン。なあ、お前は何者なんだよ、とんでもない勇者だよ。

怪異と対峙《たいじ》したときの耐性だけではない。禁則事項に妨害されてみくるにかけるべき言葉がないとき、微笑の応酬でひそかな対話を成立させたじゃないか。みくるばかりではない。バグを起こした長門に、情報統合思念体が処分を検討中と聞いてキョンは啖呵《たんか》を切る。「そんなことになれば、俺は暴れるぞ。お前をとりもどしにゆく」その言葉を耳にした北高《きたこう》一の無口な少女は、平坦《へいたん》な声で告げたんだ。「ありがとう」……

…フシギ人間の中でもみくちゃにされながら、キョンはみんなとしっかりコミュニケーションをとっている、やれやれ。

ただし相手が独裁の女帝ハルヒだった場合はまた別だ。もともと頭ごなしの一方通行だから、問答無用でやるときはやる。たとえ彼女が宙吊《づ》りにされた眠り姫であろうと（未読の人は「？」だろうが気にしないで）、墜落するハルヒめがけて教室の窓枠を蹴《け》る。

「ハルヒ！」

後先も思い出も義務感も正義感もなにもない。必要ない。

そう、なにもないのだ。なんの考えもなく、ただ彼女を支えてやろうとする、それだけだ。そんなメチャクチャな男の名前がキョンなんだ。

はじめて抱いたハルヒの体を、意外に細く、軽く感じたキョン。重力に牽《ひ》かれて真っ逆様に校庭へ落下しながら、固く、硬く、抱きしめたとき、キョンの一瞬は永遠であったろう。思春期真っ只中《ただなか》、キョンはいい奴で羨《うらや》ましい奴だ。

ときたま思う、周囲をめぐる非常識的存在の真ん中でガッシと立ったキョンという人間は、猛回転しながら不動を保つ独楽《こま》の軸そっくりではないかって。また思う、ガッシとなんか立てるわけがない、毎度ハルヒ団長に強制連行され雑用ナンデモ係のキョンだもの、彼をたとえるならヒョヒョ中空で揺動しているフーコーの振り子ではないか。でもまあ振り子あってこそ、世界が滑らかに自転しているとわかるんだが。

だからキョンは『ハルヒ』シリーズの視点人物として不動の位置を占めている。中短編集である『動揺』の中には、主役のハルヒが顔を出さない一編があったりするが、それでもキョンはぶつくさいいながら物語の一翼をになっているのだ。奇跡のキャラを自分の周りに引きつけるとんでもない個性の主だと、ハルヒ自身が1ミリだって思っていないように、キョンもまた自覚のない〝超〟フツーの人かも知れない。

それならそれでいいじゃないかと、けっきょくぼくは思うのだ。

超がつこうがつくまいが、あんたが普通の人である限り読者代理人として、怒るべきとき怒り喜ぶべきとき喜んでくれるはずだもの。そうなれば、ハルヒもミクルもユキもイッキも、いつまでも〝そこ〟に——読者みんなの胸のうちに住みついているだろう。

また逢《あ》いたいね、キョン！


（2019・2・14　バレンタインデーの日に）

本書は、二〇〇五年四月に角川スニーカー文庫
より刊行された作品を再文庫化したものです。

涼宮《すずみや》ハルヒの動揺《どうよう》

谷川《たにがわ》 流《ながる》

平成31年 3月25日 初版発行
令和6年 10月30日 3版発行

発行者●山下直久

発行●株式会社KADOKAWA
〒102-8177 東京都千代田区富士見2-13-3
電話 0570-002-301(ナビダイヤル)

角川文庫 21497

印刷所●株式会社KADOKAWA
製本所●株式会社KADOKAWA

表紙画●和田三造

●お問い合わせ
https://www.kadokawa.co.jp/ (「お問い合わせ」へお進みください)
※内容によっては、お答えできない場合があります。
※サポートは日本国内のみとさせていただきます。
※Japanese text only

ISBN 978-4-04-107419-0 C0193

◆◇◇

角川文庫発刊に際して

角川源義

第二次世界大戦の敗北は、軍事力の敗北であった以上に、私たちの若い文化力の敗退であった。私たちの文化が戦争に対して如何に無力であり、単なるあだ花に過ぎなかったかを、私たちは身を以て体験し痛感した。西洋近代文化の摂取にとって、明治以後八十年の歳月は決して短かすぎたとは言えない。にもかかわらず、近代文化の伝統を確立し、自由な批判と柔軟な良識に富む文化層として自らを形成することに私たちは失敗して来た。そしてこれは、各層への文化の普及滲透を任務とする出版人の責任でもあった。

一九四五年以来、私たちは再び振出しに戻り、第一歩から踏み出すことを余儀なくされた。これは大きな不幸ではあるが、反面、これまでの混沌・未熟・歪曲の中にあった我が国の文化に秩序と確たる基礎を齎らすためには絶好の機会でもある。角川書店は、このような祖国の文化的危機にあたり、微力をも顧みず再建の礎石たるべき抱負と決意とをもって出発したが、ここに創立以来の念願を果すべく角川文庫を発刊する。これまで刊行されたあらゆる全集叢書文庫類の長所と短所とを検討し、古今東西の不朽の典籍を、良心的編集のもとに、廉価に、そして書架にふさわしい美本として、多くのひとびとに提供しようとする。しかし私たちは徒らに百科全書的な知識のジレッタントを作ることを目的とせず、あくまで祖国の文化に秩序と再建への道を示し、この文庫を角川書店の栄ある事業として、今後永久に継続発展せしめ、学芸と教養との殿堂として大成せんことを期したい。多くの読書子の愛情ある忠言と支持とによって、この希望と抱負とを完遂せしめられんことを願う。

一九四九年五月三日

角川文庫ベストセラー

霧越邸殺人事件〈完全改訂版〉(上)(下)　綾辻行人

信州の山中に建つ謎の洋館「霧越邸」。訪れた劇団「暗色天幕」の一行を迎える怪しい住人たち。邸内で発生する不可思議な現象の数々…。閉ざされた〝吹雪の山荘〟でやがて、美しき連続殺人劇の幕が上がる!

Another (上)(下)　綾辻行人

1998年春、夜見山北中学に転校してきた榊原恒一は、何かに怯えているようなクラスの空気に違和感を覚える。そして起こり始める、恐るべき死の連鎖! 名手・綾辻行人の新たな代表作となった本格ホラー。

天地明察 (上)(下)　冲方丁

4代将軍家綱の治世、日本独自の暦を作る事業が立ち上がる。当時の暦は正確さを失いずれが生じ始めていた——。日本文化を変えた大計画を個の成長物語として瑞々しく重厚に描く時代小説! 第7回本屋大賞受賞作。

GOTH 夜の章・僕の章　乙一

連続殺人犯の日記帳を拾った森野夜は、未発見の死体を見物に行こうと「僕」を誘う……人間の残酷な面を覗きたがる者〈GOTH〉を描き本格ミステリ大賞に輝いた乙一の出世作。「夜」を巡る短篇3作を収録。

失はれる物語　乙一

事故で全身不随となり、触覚以外の感覚を失った私。ピアニストである妻は私の腕を鍵盤代わりに「演奏」を続ける。絶望の果てに私が下した選択とは? 珠玉6作品に加え「ボクの賢いパンツくん」を初収録。